LETTRES AFRICAINES
série dirigée par Bernard Magnier

LOIN DE MON PÈRE

DU MÊME AUTEUR

L'OMBRE D'IMANA. VOYAGES JUSQU'AU BOUT DU RWANDA, Actes Sud, 2000, Babel n° 677.
REINE POKOU. CONCERTO POUR UN SACRIFICE, Actes Sud, 2005.
AYANDA, LA PETITE FILLE QUI NE VOULAIT PAS GRANDIR, Actes Sud Junior, 2007.

© ACTES SUD, 2010
ISBN 978-2-7427-9127-9

VÉRONIQUE TADJO

Loin de mon père

roman

ACTES SUD

A ma famille, petite et grande.
A mes amis aux quatre coins du monde.

Cette histoire est vraie, parce qu'elle est ancrée dans la réalité, plongée dans la vie réelle. Mais elle est fausse également parce qu'elle est l'objet d'un travail littéraire où ce qui compte, ce n'est pas tant la véracité des faits, mais l'intention derrière l'écriture. Tout a été revu, remanié, réordonné. Certaines choses ont été passées sous silence, d'autres au contraire ont été renforcées. Bref, ce qui reste, c'est le mensonge (facétie) de la mémoire, de la parole.

Références perdues.
Citation réécrite, ou entièrement de moi ?

Dans le monde actuel où nous vivons, avant de faire quelque chose il faut réfléchir ; il faut réfléchir longuement car ce que nous disons s'en va, ça ne reste pas ici. Donc quand quelqu'un viendra demander : "Cela, qui l'a dit ?", tu diras alors son nom : "C'est Kaku Adingala qui l'a dit. – Ah bon ? D'où vient cet Adingala ?" Tu diras qu'il vient de Siman. Alors il te demandera : "Qui est son ancêtre ?" – peut-être le sait-il déjà – et tu lui diras : "Son ancêtre, c'est le vieux Assemian Eci." Il te dira alors : "Ne dis plus rien ; ce que tu as dit est exact."

HENRIETTE DIABATÉ,
*Le Sannvin, un royaume akan
de la Côte d'Ivoire (1701-1901),
sources orales et histoire*, vol. IV,
université de Paris-I,
octobre 1984, p. 291-b.

LIVRE UN

J'ai l'impression d'être à deux pas de toi, et pourtant un gouffre nous sépare.

I

Impossible de dormir.

Nina avait pensé que le coucher du soleil lui apporterait un peu de sérénité. Pourtant, après avoir irradié le ciel de pourpre et d'or, l'astre s'était mis à fondre de l'autre côté de l'horizon. A présent, c'était fini. Il ne restait plus que l'obscurité, dense et inquiétante. Elle détourna le regard du trou noir, ferma le hublot, inclina son siège et tenta de s'assoupir. Les ailes de l'avion tranchaient la nuit.

L'angoisse monta en elle, brutale. Dans quelques heures, elle serait à la maison. Mais sans lui, sans sa présence, que restait-il ? Des murs, des objets et quoi d'autre ? Elle allait devoir réévaluer ses certitudes.

"Qu'est-ce qui fait un pays ? avait-elle demandé à Frédéric, la veille de son départ.

— Je ne sais pas, avoua celui-ci, l'air perplexe. Les souvenirs, je suppose."

Oui, les souvenirs... la qualité du ciel, le goût de l'eau, la couleur de la terre. Les visages. Les temps d'amour et les déceptions. C'était tout cela, un pays. Sensations irisées, accumulées au fil des jours.

Mais comment compter sur les souvenirs ? Le pays n'était plus le même. La guerre l'avait balafré, défiguré, blessé. Pour y vivre aujourd'hui, il fallait renier sa mémoire désuète et ses idées périmées.

Elle était partie depuis trop longtemps. Comment ne pas lui en vouloir ? Elle avait pensé qu'elle pourrait voyager librement par monts et par vaux jusqu'à l'heure du retour. Revenir ? Tout aurait été comme d'habitude, chaque chose à sa place. Elle n'aurait eu qu'à poser ses valises et à reprendre sa vie là où elle l'avait laissée. Accueillie à bras ouverts, elle serait riche de ses voyages.

C'était avant la guerre, avant la rébellion.

Tout avait basculé, tout s'était effondré. L'exil la gifla de plein fouet et se jeta sur elle.

Des voix se mirent à hurler dans sa tête : "Pour qui te prends-tu ? Tu n'es rien. Ta maison a été rasée. Tes parents n'existent plus. Personne ne veut de toi, ici. Va-t'en !"

Nina se réveilla en sursaut. Elle avait dû s'assoupir. Son cœur battait la chamade. Où se trouvait-elle ? Ses pieds avaient gonflé, son corps était endolori. Il faut que je me lève, que je me dégourdisse les jambes, se dit-elle. Elle quitta son siège.

Faire attention à ne pas cogner les passagers qui dormaient recroquevillés sur eux-mêmes, la bouche ouverte ou le nez enfoui dans l'épaule de leur voisin. Des bras dépassaient des couvertures, tels les membres rigides de cadavres mal emballés. Elle tanguait en marchant, les yeux fixés vers la lumière au bout du couloir. Une hôtesse de l'air rangeait des plateaux de nourriture.

Elle fit plusieurs mouvements de relaxation à l'arrière de la cabine, sans réussir pour autant à vaincre la sensation d'ankylose qui l'avait envahie. Elle avait l'impression que le vol ne prendrait jamais fin. Ce n'était pas seulement son corps qui l'abandonnait, mais son esprit aussi. Une mer noire aussi épaisse que la nuit. Elle se sentait chavirer : "Ai-je vraiment perdu mon pays ?"

Et si c'était de sa faute, et si elle s'était délibérément éloignée des autres ? A présent, elle allait se retrouver en face de tous ceux qu'elle avait quittés des années auparavant. Comment allaient-ils la regarder ?

Quand son père tomba malade, Nina voulut être à ses côtés.

"Je vais bientôt revenir, papa, c'est décidé.

— Attends encore, la guerre n'est pas terminée, avait-il répondu fermement, tu ne trouveras jamais de travail ici. Tes tantes s'occupent très bien de moi. Ne t'inquiète pas, reste là où tu es."

Elle avait pensé : La vie prend une mauvaise tournure. Pourquoi suis-je si loin de lui ?

"Personne ne sait dans quelle direction nous allons. Le ton a durci, les gens se radicalisent, adoptent des positions rigides. Ils parlent tous en même temps et personne n'écoute. Les visages sont fermés. Nous doutons les uns des autres."

Après un moment de silence qui avait fait croire à Nina que la ligne téléphonique était coupée, il avait ajouté :

"Ma fille, tout le monde est obligé de se positionner, de déclarer ses allégeances. Il est devenu impossible de rester neutre. Le pays est fissuré."

Elle avait senti en lui une grande lassitude, colère éteinte par trop d'espoirs déçus. Pas de peur, juste la sensation d'avoir échoué dans ce qu'il avait entrepris.

Nina se mit à dodeliner de la tête. Elle avait cru qu'elle sombrerait enfin dans un sommeil réparateur, mais la veilleuse de son voisin projetait une lumière crue qui la gênait. L'homme regardait un film qu'elle avait déjà vu, une histoire de paquebot qui coule en pleine mer, un peu comme le *Titanic*. Une poignée de passagers décident de se détacher de la trentaine de survivants réfugiés dans une salle restée hermétique. Le groupe pénètre alors dans les entrailles du navire à la recherche d'un passage vers la surface. L'action commence ainsi. Nina se demandait pourquoi on passait si souvent des films catastrophe dans les avions. Etait-ce pour exorciser la peur de voler ?

Le manque de sommeil et des pensées incohérentes se bousculaient dans sa tête quand elle songeait à ce qui l'attendait à Abidjan. Elle souhaitait de toutes ses forces que la lumière du jour revienne. En finir avec ce calvaire. Fouler la terre ferme, même s'il n'y aurait alors aucune joie dans son cœur.

Le soleil venait juste de réapparaître lorsque l'avion se posa. La lourde porte s'ouvrit et, malgré l'heure matinale, les passagers furent soudain enveloppés par une bouffée de chaleur s'engouffrant à l'intérieur de la carlingue ; l'haleine brûlante du pays.

Pendant qu'elle faisait la queue à l'immigration, Nina se demandait qui serait là pour l'accueillir. Dans l'avion, elle avait pris soin d'éviter les regards des autres passagers par crainte de tomber sur une connaissance, probabilité non négligeable sur un vol pour la Côte d'Ivoire.

"Comment vas-tu ? Alors, que fais-tu maintenant ? Où vis-tu ? Et ton papa, il se porte bien ?"

Ne pas avoir à prononcer les mots qui annoncent la mort. Pas maintenant. Pas encore.

Derrière la vitre, le militaire l'interrogea d'une voix austère :

"Pendant combien de jours allez-vous rester ?"

Nina eut un mouvement de recul :

"Je suis d'ici, est-ce que cela a une importance ?

— Je vous ai posé une question.

— Je n'en sais rien, un mois à peu près…"

Soudain, le visage de l'homme s'éclaira :

"Vous êtes la fille du docteur Kouadio Yao ? demanda-t-il en tenant le passeport ouvert devant lui.

— Oui, fit Nina après une légère hésitation car elle n'arrivait pas à savoir où il voulait en venir avec toutes ses questions.

— Ah, je le connais bien, votre père ! Nous sommes de la même région. Il faudra lui dire bonjour de ma part. C'est caporal N'Guessan."

Il mit un tampon, lui tendit son passeport avec un large sourire qu'il voulait complice, et lança : "Bienvenue au pays !"

Nina récupéra sa valise, puis se dirigea vers les agents de la douane qui discutaient entre eux sans paraître, pour une fois, intéressés par ce qui se passait autour d'eux. Elle ouvrit et referma son bagage rapidement avant que l'un d'entre eux ne change d'avis. Elle transpirait à grosses gouttes. Ses vêtements lui collaient à la peau. Elle regretta d'avoir mis des chaussettes et un haut à manches longues.

Devant elle, la sortie, le point de non-retour.

Une foule compacte attendait dans le hall d'arrivée. Elle jeta un regard circulaire. Aucun visage familier.

N'ayant pas de repère, elle se dirigea machinalement vers la sortie. Quelqu'un apparut brusquement à ses côtés :

"Taxi, tantie, tu veux un taxi ?"

Sans attendre une réponse, le jeune s'empara de sa valise.

C'est alors qu'elle entendit la voix d'Hervé :

"Non, laisse, je suis venu la chercher, je vais m'occuper moi-même de son bagage.

— Ça fait rien, je l'ai déjà dans ma main", rétorqua le gars sans vouloir lâcher prise.

Une échauffourée s'ensuivit. Hervé tirait la valise dans un sens, le jeune dans l'autre. Nina ne savait pas où se mettre. Elle n'avait même pas eu le temps de dire bonjour à son cousin. Elle tenta de s'interposer : "Cela n'a pas d'importance, il peut porter ma valise…" Mais les autres membres de sa famille venaient d'apparaître. En se voyant encerclé, le garçon finit par abandonner son butin, non sans avoir d'abord demandé : "Y a pas quelque chose pour moi ?"

Ils lui tournèrent le dos. Nina étreignit tout le monde. Ils avaient les visages sombres et étaient habillés en noir. Chantal, la plus jeune du groupe, se mit à pleurer.

Dès qu'elle fut installée dans la voiture, Nina demanda :

"Comment est-ce que ça se passe à la maison ?

— Ne t'inquiète pas, répondit Hervé sans détourner le regard de la route. Ça va aller. Tes tantes sont là. On s'occupe de tout.

— C'est bien", murmura-t-elle, avant de retourner à ses pensées.

Personne ne parlait de peur de la déranger. Seuls les pleurs étouffés de Chantal brisaient le silence. Nina ne pouvait s'empêcher d'en ressentir de l'irritation.

Au fond d'elle-même, elle gardait encore l'espoir que tout cela n'était pas réel.

La ville défilait devant eux. Rien ne semblait avoir changé. Les mêmes rues pleines de monde, les mêmes bruits, les mêmes bâtiments. Tout était resté en place, alors que pour elle rien ne serait plus jamais semblable. Comment se pouvait-il que les deux êtres auxquels elle tenait le plus soient maintenant partis, comme ça, tout simplement ? La ville les avait connus, avait gardé leurs empreintes, écouté leurs joies et leurs détresses, leur avait réservé une place dans le capharnaüm de la vie quotidienne. Pourquoi les abandonner maintenant ?

"Comment vais-je pouvoir vivre devant tant d'indifférence ?" Elle avait atterri sur une scène de théâtre où les acteurs principaux manquaient et où le décor ne correspondait plus à rien.

Le soleil brûlait déjà la nuque des travailleurs qui marchaient en file indienne. Certains s'arrêtaient brièvement pour prendre leur petit-déjeuner au bord de la route. Serrés les uns contre les autres, ils mangeaient attablés sous un arbre, le visage encore marqué par une nuit trop courte. Ils plongeaient leur morceau de pain dans une tasse de café fumant, pendant que l'homme qui les servait rajoutait de l'eau dans l'énorme bouilloire, attisait le feu et lavait les bols et les assiettes en plastique. Les travailleurs étaient partis depuis l'aube, quittant leurs familles endormies dans d'étroites chambres aux fenêtres minuscules.

Aux arrêts de bus, des fonctionnaires attendaient patiemment dans leurs habits propres. Des élèves étaient là aussi, et ils papotaient en faisant de grands gestes. Les filles portaient des blouses blanches et des jupes bleu marine, les garçons des uniformes kaki.

A l'approche du pont Houphouët-Boigny, Hervé se mit à ralentir. Devant eux, une file de voitures était immobilisée. Des militaires en treillis effectuaient un contrôle :

"Vos papiers, s'il vous plaît", ordonna un soldat au visage d'adolescent et à la mitraillette en bandoulière. Tout le monde dans la voiture tendit sa carte d'identité. Nina lui remit son passeport.

"Vous n'avez pas de carte d'identité ? demanda le soldat avec suspicion. Le passeport n'est pas un document valable."

Hervé intervint immédiatement :

"Chef, nous venons de l'aéroport. Elle n'est pas résidente, ici."

Le soldat sembla hésiter un moment. Il regarda en direction de son supérieur un peu plus loin dans la file. Voyant que celui-ci était occupé, il revint à Nina en fixant ses yeux dans les siens.

"Bon, ça va, mais il faut régulariser vos papiers."

Se tournant alors du côté du conducteur, il fit un signe de la tête :

"Montrez-moi les documents du véhicule et ouvrez le coffre arrière.

— Chef, il y a un problème ?

— Non, contrôle de routine, répondit-il en continuant son inspection. Où est le propriétaire de la voiture ? Les papiers ne sont pas à votre nom."

Hervé sortit prestement de la voiture et se pencha vers lui en murmurant sur le ton de la confidence :

"Il est décédé. C'est sa fille qui est là. Elle est venue pour les funérailles."

Le soldat regarda une nouvelle fois à l'intérieur de la voiture et dévisagea Nina. Puis il s'écarta et fit un grand geste de la main :

"C'est bon, allez-y !"

Derrière eux, les conducteurs commençaient à s'impatienter. La plupart d'entre eux se rendaient au travail, ou emmenaient leurs enfants à l'école. Le pont ressemblait maintenant à une gare routière. Plusieurs personnes se tenaient à côté de leurs véhicules, les bras croisés et l'air renfrognés. D'autres attendaient que l'on veuille bien s'occuper d'eux. Des mères essayaient de consoler leurs enfants qui s'égosillaient sur la banquette arrière. Plusieurs taxis bloquaient le passage.

Lorsque Hervé eut fini de négocier sa sortie du pont, Nina lui posa une question qui la tracassait :
"Est-ce que leurs armes sont chargées ?
— Personne ne le sait… Mais on dit que oui."
Nina avait du mal à le croire. Etait-ce bien là Abidjan, cette ville dans laquelle elle s'était toujours sentie en sécurité ?
Elle tourna son regard vers la lagune si calme, si belle. Les hauts buildings du centre s'élevaient, majestueux, leurs silhouettes se reflétant dans le miroir de l'eau.

Ils passèrent par le Plateau. La plupart des banques étaient encore fermées, mais quelques boutiques avaient déjà commencé à ouvrir leurs portes. Combien de fois, dans sa jeunesse, n'avait-elle pas déambulé dans ces rues en faisant les vitrines ? Avec sa horde d'amis, ils avaient fait du grand jardin leur quartier général. C'était là qu'elle avait connu son premier flirt. Comment s'appelait-il déjà ? Roger, oui, c'était bien cela, Roger. Elle essaya de se remémorer son visage, mais l'image était floue.
Deux hommes cravatés portant des mallettes noires s'engouffrèrent dans un bâtiment, l'air pressés. Une femme élégante, les cheveux finement tressés, sortit nonchalamment de sa voiture tandis

qu'un gamin s'approchait d'elle, certainement pour lui demander une pièce. Un taxi déboucha sur la gauche et, après leur avoir fait une queue de poisson, se gara devant un client planté sur le trottoir. Un groupe d'enfants de la rue, les yeux hagards, traversa au feu rouge.

La voiture passa ensuite devant la cathédrale, couleur bleu ciel. L'immense statue de marbre qui en gardait l'entrée implorait toujours l'Eternel. Quand ils atteignirent le grand boulevard, Nina réalisa que la maison n'était plus très loin. Elle aurait aimé qu'Hervé fasse demi-tour et qu'il l'emmène ailleurs, bien au-delà de cette terrible vérité qu'elle devait affronter.

Mais son cousin continua dans la même direction. Au bout de quelques minutes, ils entrèrent dans le quartier. Elle aperçut leur rue, un petit lacet de goudron, bordé de maisons basses et d'arbres au feuillage touffu.

Deux coups de klaxon. Le gardien ouvrit le portail et la voiture se gara dans la cour, à la même place que d'habitude. Les tantes étaient là, au seuil de la porte. Elles l'étreignirent longuement chacune à leur tour.
"Ma fille, sois forte, murmura tante Affoué.
— Courage…", ajouta tante Aya.
En sentant la chaleur de leurs corps contre le sien, Nina ne put retenir ses larmes plus longtemps. Elle se laissa aller dans leurs bras.
A petits pas, les deux femmes la firent entrer.

La maison était envahie. Des personnes sortaient de toutes les pièces. Visages connus et inconnus. Nina embrassa les membres de la famille et serra la main des autres. De grands cierges avaient été disposés aux quatre coins du salon. Ce n'était plus l'endroit où elle avait vécu. L'absence de son père lui fut insupportable.

Après les salutations, elle demanda à se rendre dans la chambre principale. La porte était fermée à clé. Tante Affoué lui ouvrit et la laissa seule. Les rideaux avaient été tirés, mais tout était en l'état. Le lit avait été fait. Des vêtements pendaient encore au dos de la chaise. Ses lunettes, sa montre et son porte-monnaie se trouvaient sur sa table de chevet. L'odeur de son père flottait dans la pièce, ce parfum qu'elle avait connu toute sa vie.

Elle s'allongea sur le lit, la tête enfouie dans l'oreiller. Le matelas gardait encore l'empreinte que le corps de son père avait laissée au fil du temps. Elle essaya de remettre ses émotions en ordre. Des souvenirs remontèrent à la surface. Elle se rappela la dernière fois qu'elle lui avait parlé. C'était dans le hall d'un aéroport, alors qu'elle attendait d'embarquer pour l'un de ses nombreux voyages. Elle l'avait appelé sur son portable. La ligne était si nette qu'elle avait eu l'impression d'être à côté de lui :

"Quelle est la situation en ce moment ? Est-ce que l'Accord de paix va bientôt être signé ?"

Ne pas laisser transparaître son angoisse. Les dernières nouvelles sur RFI n'étaient pas bonnes.

"Rien n'est encore gagné, ma fille. Le gouvernement exige le désarmement comme condition préalable. Les rebelles doivent rendre les armes."

Elle avait trouvé sa voix plus frêle que d'habitude :

"Ça ne va pas, papa ? Tu ne te sens pas bien ?

— Ce n'est rien, juste un peu de fatigue. Je suis déjà au lit. Il y a une fête de mariage à la maison aujourd'hui, mais j'ai été obligé de me retirer très tôt. C'est ta cousine, Hortense, tu te souviens d'elle ? La fille de tonton Jacob. J'ai parrainé la cérémonie."

Des voix lointaines et un morceau de musique s'infiltraient à travers le combiné.

"Et toi, tu n'as pas encore trouvé une épouse pour remplacer maman ?" demanda-t-elle sur un ton qu'elle voulait léger.

Son rire à l'autre bout du fil :

"Oh, tu sais, moi, les femmes, je suis trop vieux, maintenant…

— Mais non, tu ne seras jamais trop vieux !" avait-elle juste eu le temps de s'exclamer avant d'être coupée par le haut-parleur annonçant bruyamment son vol.

Une file de passagers se formait devant la porte d'embarquement.

"Je t'embrasse, papa. Je t'appellerai à mon retour, porte-toi bien."

C'était typique. Typique de sa vie. Du tourbillon qu'était devenue son existence. Sa dernière conversation avec son père, elle l'avait eue dans un lieu public, sans âme, où les gens se dispersaient aux quatre coins du monde. Comment avait-elle pu croire un instant que le téléphone aurait remplacé sa présence auprès de lui ?

II

Le lendemain matin, Nina constata qu'une grande réunion se tenait dans le salon. Une convocation avait été envoyée à tous les membres de la famille proche et étendue :

ORGANISATION DES FUNÉRAILLES
DE NOTRE REGRETTÉ KOUADIO YAO

Ordre du jour :
– Election des responsables des comités.
– Cotisations.
– Divers.
La présence de tous est indispensable.

Au cours de la réunion, les moindres détails des cérémonies à venir furent passés en revue. Plusieurs groupes se formèrent spontanément : comité accueil, comité transport, comité restauration et vaisselle, comité location des chaises et des marquises, comité sécurité et autres. Des volontaires proposèrent de s'occuper des arrangements floraux et de la décoration. Chacun avait une tâche spécifique. Un trésorier fut désigné. Son rôle était d'encaisser les dons en espèces qu'il devait soigneusement répertorier dans un grand cahier en précisant bien les montants, les noms, les dates, etc. Même chose pour les dons en nature qui, depuis l'annonce du décès, avaient déjà commencé

à arriver. Une équipe fut chargée de les réception-
ner et de les répartir selon les besoins journaliers.
Il fallait en effet nourrir les nombreuses personnes
qui logeaient dans la maison. Sacs de riz, bouteilles
d'huile, bassines d'ignames, de manioc, de bananes
plantains, paquets de sucre, de biscuits, farine,
œufs, cartons d'eau minérale étaient stockés dans
une pièce fermée à double tour. Des poulets pico-
raient librement dans le jardin. Deux moutons, at-
tachés derrière la cuisine, bêlaient sans arrêt.

Assise parmi les autres, Nina se sentait récon-
fortée par l'incroyable solidarité de la famille. Jamais elle n'avait eu l'occasion de l'observer de si
près. C'était donc ainsi que son père avait vécu,
entouré des siens. Au village ou en ville, c'était
toujours le même noyau qui se recréait, la même
communauté qui s'entraidait pour faire face aux
intempéries de la vie.

Au moment qu'elle jugea opportun, Nina se leva
pour prendre la parole :
"Il se pose le problème des autorités gouverne-
mentales. Quelle sera notre position par rapport
aux officiels ? Seront-ils invités ? Si oui, est-ce que
nous ne prenons pas le risque de leur ingérence
dans l'organisation des funérailles ? Ce n'est pas à
vous que je vais rappeler ce qui s'est passé ici
même. Papa m'a dit que des rebelles se sont bat-
tus avec des militaires, juste devant la maison. Il
y a eu des échanges de coups de feu et des poursuites. Un assaillant a même essayé d'escalader la
clôture pour tenter de chercher refuge à l'intérieur.
Il a été abattu sur le mur. Il y avait du sang partout.
Dans notre rue, des tanks stationnent parfois pendant plusieurs jours. Ne vaut-il pas mieux que les
funérailles de papa restent une affaire totalement
familiale ?"

Nina se rassit.

Silence.

Au bout de quelques minutes, le vieux Kablan, de la branche maternelle, choisit de répondre au nom de tous :

"Merci pour ton intervention, Nina. Cependant, il faut savoir que nous ne pouvons pas refuser la participation des officiels. Kouadio, paix à son âme, nous appartient biologiquement, mais pas socialement. C'est une figure publique qui a beaucoup fait pour son pays. On doit lui rendre les hommages qu'il mérite. Il serait scandaleux de n'avoir aucune représentation officielle aux cérémonies. Tout ce que nous pouvons te promettre, c'est que, lorsque la date de l'enterrement aura été arrêtée par la famille, elle ne changera plus. Nous ne céderons à aucune pression extérieure."

Quelqu'un d'autre intervint ensuite, mais sur un tout autre point :

"A propos de l'annonce du décès, il faut faire très attention. Tel que le texte a été rédigé, cela risque de blesser les vieux du village car les préséances n'ont pas été respectées. Il faut donc le récrire en confiant cette tâche à ceux qui connaissent bien la généalogie de la famille. Si nous ne sommes pas prudents, il y aura des querelles et nous allons devoir payer des amendes aux chefs traditionnels."

Tout le monde acquiesça. On choisit des émissaires qui devaient se rendre rapidement au village pour y rencontrer les vieux des deux branches familiales.

Avant de clore la réunion, il fut décidé que Nina serait dispensée de participer à l'organisation pratique des funérailles. Elle venait de perdre son père. Son deuil était profond. On devait lui épargner les problèmes de logistique. Il y avait suffisamment de volontaires dans la famille pour faire le travail.

Ainsi, alors que la maison regorgeait d'activité, Nina passait de longues heures à ranger les affaires de son père et à regarder les albums de famille. Elle trouva des photos de ses parents, jeunes mariés au sourire rêveur. Celle qu'elle préférait les montrait en train de danser au cours d'un bal en plein air. Dans le fond, les ruines d'un monument et, au dos de la photo, une inscription : "Athènes, premier anniversaire de mariage." Sa mère lui avait raconté les voyages qu'ils avaient faits au début de leur vie conjugale. Son séjour en Grèce l'avait rendue très heureuse. Nina pouvait aisément imaginer le ciel bleu, la mer intense et la beauté de cette terre ancestrale.

Elle ouvrit deux autres albums auxquels il manquait des photos, les vides tels des trous de mémoire. Qui les avait enlevées et pourquoi ? Elle commençait à perdre de l'intérêt, surtout quand elle trouva un nombre incalculable de photos de son père. Il était à l'Institut, dans sa blouse blanche, parmi ses collègues, au village avec différents membres de la famille et au cours de cérémonies. D'autres encore, en vrac, dans des boîtes en carton : conférences, réunions, sorties professionnelles, voyages…

Par contre, il y avait moins de photos de sa mère, certainement parce qu'elle ne s'était jamais trouvée photogénique. Sans doute aussi parce qu'elle avait créé son album personnel qu'elle gardait dans son studio. Il contenait les souvenirs de son choix, comme si, au bout de quelques années, elle avait voulu récupérer sa propre mémoire. Nina songea qu'elle devait aller chercher cet album pour le ranger avec les autres.

Puis elle trouva enfin ce qu'elle cherchait inconsciemment. Dans un album à la couverture abîmée, des photos de sa grande sœur et d'elle, encore bébés ou à différents âges de leur croissance, avaient été réunies. Deux petites filles potelées qui semblaient heureuses entre leurs parents. Sur l'une d'elles, leur mère avait posé la tête contre l'épaule de Gabrielle alors qu'elle, Nina, était assise à côté de son père. Ils se trouvaient dans le jardin de leur première maison familiale, probablement un dimanche. A cette époque-là, leur père jouait encore avec elles. Toutes les deux aimaient l'entraîner dans des parties de cache-cache qui se terminaient toujours par des fous rires, surtout quand Dexter, leur chien au pelage roux, s'en mêlait. Il alertait son maître en aboyant devant les cachettes.

Nina se souvenait aussi des samedis après-midi quand ils allaient ensemble au cinéma. Il les laissait toujours choisir les films et dans la voiture, pendant le trajet, elles pouvaient tout lui demander, de l'argent de poche supplémentaire, une lettre d'excuse pour l'école ou la permission d'aller à une fête. Il ne leur refusait rien. Le reste de la semaine, il était absent, préoccupé par son travail.

Cependant, quand vint l'adolescence, elles se mirent à préférer la compagnie de leurs amis pendant les week-ends. Des disputes éclatèrent. Les sorties avec leur père furent annulées.

Nina tomba sur un portrait de Gabrielle. Treize ans, les sourcils froncés et un regard trop intense pour son âge. Un pincement au cœur. Que s'était-il donc passé ? Pourquoi sa sœur leur avait-elle tourné le dos ? Tout le monde l'attendait pour l'enterrement. Pourtant, elle n'avait toujours pas donné sa date d'arrivée.

Des souvenirs encore. Leurs balades à vélo, les sorties entre camarades, la liberté d'aller où elles voulaient et surtout le quartier de leur enfance, un vaste terrain de jeu qui leur appartenait. Et puis, un jour, le déménagement tant redouté dans la villa flambant neuve de la zone résidentielle. Ce fut là que commença la rébellion de Gabrielle. Elle adopta une autre bande de copains, rentra de plus en plus tard le soir. Impossible de lui faire entendre raison. Les cris poignardaient l'atmosphère. La rage s'était emparée de sa sœur. A dix-sept ans, elle quitta la maison, laissant toutes ses affaires en plan.

A partir de ce moment-là, Nina devint fille unique.

Elle mit un peu d'ordre dans les photos, fit de la place dans l'armoire du bureau et les rangea sur une étagère. La mémoire de sa famille, les traces du temps, là, dans ces albums écornés et ces quelques boîtes en carton.

Elle se sentait terriblement triste. Sur quoi reposait à présent le futur de sa famille ? Sur ses épaules ? Aurait-elle la force de continuer ce que ses parents n'avaient pas terminé ? Où s'arrêtait leur vie et où commençait la sienne ? Elle se demandait jusqu'à quel point elle pouvait aller pour préserver leur mémoire.

Elle eut soudain envie de téléphoner à Frédéric, d'entendre sa voix. Il lui changerait certainement les idées. Comme à son habitude en cas de difficulté, elle se tournait vers lui. Il savait si bien l'écouter.

"Tout se passe comme tu veux ?

— Oui, plutôt, les choses s'organisent. La famille s'est impliquée à fond. La date de l'enterrement au village est déjà fixée.

— Et *toi*, comment vas-tu ?

— Oh, pas mal, malgré tout. J'essaie de mettre de l'ordre dans la maison", répondit-elle en ayant l'impression que sa voix sonnait faux. Elle aurait tant voulu lui dire ce qu'elle ressentait, mais elle n'y parvenait pas. Leur vie ensemble faisait partie d'un autre temps, d'un autre lieu.

Il lui donna quelques nouvelles de Paris. Aucun problème au niveau de l'appartement. Elle avait reçu du courrier. Devait-il l'ouvrir ? Des factures étaient arrivées. Pas de souci, il allait s'en occuper. Une amie avait appelé pour transmettre ses condoléances. Avant de raccrocher, il réussit à la faire rire en parlant des dernières frasques du locataire du dessous.

Cette conversation lui avait fait du bien. Quand elle raccrocha, Nina se sentit soudain l'envie de bouger.

"S'il te plaît, allons nous promener, demanda-t-elle à Hervé qui lui tenait le plus souvent compagnie.

— Où veux-tu aller ?

— Emmène-moi dans notre ancienne maison, là où j'ai grandi. Cela fait tellement longtemps que je n'y suis pas retournée. J'ai envie de la revoir. Nous y avons passé de bons moments. Je t'indiquerai le chemin, ce n'est pas très loin."

Hervé se laissa guider dans le dédale des rues. En bon Abidjanais, il savait éviter les bouchons et les mauvaises intersections. Quand ils arrivèrent dans le quartier, Nina trouva que peu de choses avaient changé. Quelques bâtiments neufs ici et là. De chaque côté de la route principale, les mêmes petites boutiques en bois appartenant à des marchands nigérians. Leurs enfants en étaient-ils propriétaires à présent ?

"Tu sais, quand on habitait là, dès que nous rentrions de l'école, Gabrielle et moi, on allait acheter des bonbons de toutes les couleurs, très durs, très sucrés. Les vendeurs nous connaissaient bien. Chacune à notre tour, on plongeait la main dans un grand bocal posé sur le comptoir. Je crois qu'à partir de 16 heures, ils attendaient notre arrivée. On en avait pour un moment à sucer ces friandises, coincées dans la joue. Je peux te dire qu'on ne comptait pas les visites chez le dentiste !"

Ils se mirent à rire.

Sur le trottoir, deux femmes, assises sur des tabourets, vendaient des bananes grillées et des arachides. Juste à côté d'elles, une jeune fille faisait frire du poisson.

Nina sortit de la voiture et s'engagea dans l'allée qui menait à sa maison d'enfance. Hervé la suivit. Elle constata qu'une petite église baptiste s'était construite sur le terrain vague en face de leur cour. Avant, c'était là que se tenaient les matchs de football. Etait-ce la guerre qui avait engendré cette vague de ferveur religieuse ? Les lieux de culte se multipliaient dans la ville.

Elle repensa à tante Aya qui lui avait dit, chapelet à la main :

"C'est par la grâce du Tout-Puissant que nous allons nous en sortir. Les hommes politiques ne pensent qu'à leurs intérêts. Ils ne veulent pas que le conflit s'arrête parce qu'il y a trop d'argent en jeu."

Parler ainsi, n'était-ce pas une défaite, un fatalisme dangereux ? Mais qu'aurait-elle pu lui répondre ? Avait-elle une meilleure solution à proposer ? Pour la plupart des gens, ceux qui voulaient juste vivre normalement, aller au travail et élever leurs enfants, il fallait bien trouver la force de continuer.

Des gamins aux jambes poussiéreuses tapaient dans un ballon non loin du portail. Nina s'adressa à celui qui avait l'air le plus futé :

"Bonjour petit, tu sais qui habite ici en ce moment ?"

L'enfant la toisa des pieds à la tête, puis répondit avant de reprendre son jeu :

"Oui, c'est un militaire avec sa famille. Mais ils ne sont pas encore rentrés."

Nina essaya de voir à travers les battants. La maison était bien la même, sauf qu'elle paraissait en très mauvais état. La pelouse du jardin avait disparu. Des fissures balafraient les murs. Elle remarqua que la vitre d'une fenêtre était cassée. Abandonnée dans le garage, une carcasse de voiture rouillait tristement.

Le soleil tapait fort. Des gouttes de transpiration le long de son dos mouillaient son t-shirt. Elle avait la gorge sèche.

"Viens, on s'en va, dit-elle en se tournant brusquement vers Hervé. Il fait trop chaud et j'ai soif.

— Tu as raison, à midi c'est infernal. Je t'emmène à Grand-Bassam. Tu verras, il fait nettement plus frais au bord de la mer. Et puis nous pourrons manger quelque chose, si tu veux. Je connais un maquis où on prépare du bon poulet braisé.

— C'est exactement ce qu'il me faut !"

Nina était ragaillardie par la proposition de son cousin. Elle se sentait bien avec lui. Il montrait à son égard toute la patience du monde. Quand elle ne se souvenait plus du nom de tel ou tel membre de la famille ou quand elle n'avait aucune idée sur les dernières décisions prises au cours des innombrables réunions, elle s'adressait à lui. Mais le plus important pour elle, c'est qu'il était resté auprès de son père jusqu'à la fin. Il savait ce qu'elle aurait voulu savoir.

Le long de la route bordée de cocotiers, ils parlèrent peu. Nina admirait la nature comme si elle la découvrait pour la première fois. Il lui semblait que les arbres aux troncs durs et élancés montaient la garde devant l'Océan. Leurs cimes ébouriffées par le vent du large se balançaient doucement au rythme d'une musique muette. Nina respira profondément et se sentit mieux. Les vagues se brisaient sur le littoral, répandant une écume blanche sur le sable. Pendant quelques secondes, on aurait dit un paysage enneigé. Un jour, la mer viendrait se déverser sur la route après avoir avalé les petits villages dessinés sur la côte. Seuls les pêcheurs osaient affronter l'Océan dans leurs pirogues fragiles, ombres chinoises contre un ciel incandescent.

Le petit restaurant était en retrait de la plage, mais les clients avaient quand même les pieds dans le sable. La propriétaire, une femme bien en chair, était une vraie matrone. Elle avait tendance à parler à haute voix et à mettre de la musique à plein volume, brisant ainsi l'atmosphère qui aurait pu être idyllique si le murmure de la mer avait été audible. Cependant, son côté maternel et sa cuisine parfaitement assaisonnée faisaient l'unanimité. Ils commandèrent un Fanta, une bière bien glacée et le fameux poulet braisé avec un plat d'attiéké.

La musique était si forte qu'Hervé devait se pencher au-dessus de la table pour discuter avec Nina. Ils ressemblaient à deux complices en train de fomenter un complot.

"Tu sais, lui dit-il en attendant d'être servi, nous avons passé une période très difficile quand ton père est tombé malade. Il ne voulait pas aller à l'hôpital. Il disait qu'il pouvait très bien se soigner tout seul. Il a fallu que j'appelle ma mère pour qu'elle fasse pression sur lui. C'était la seule personne qu'il écoutait.

— Je regrette tellement de ne pas avoir été là pour m'occuper de lui.

— Non, tu ne dois pas penser comme ça. Il n'était jamais seul. Bien sûr, il aurait voulu que tu sois à ses côtés ou que Gabrielle revienne, mais, tu sais, il était trop préoccupé par la situation politique pour vous demander cela. Finalement, c'est la guerre qui l'a brisé.

— Je te serai toujours reconnaissante d'être resté à son chevet."

Hervé ne répondit rien à cela. Il la regardait avec intensité.

"Il y a quelque chose que j'aimerais te dire…

— Quoi ? demanda-t-elle avec appréhension. De quoi veux-tu me parler ?"

Il hésita pendant quelques secondes avant de poursuivre, tel un plongeur trouvant enfin le courage de se lancer du haut de la falaise.

"Avant ton arrivée, une femme est venue à la maison. Elle nous a dit qu'elle avait eu un enfant avec ton père, un garçon de neuf ans.

— Un garçon de neuf ans !!! s'exclama Nina, incrédule. Mais ma mère était encore en vie ! Ce n'est pas possible, comment peux-tu en être si sûr ?

— Justement, c'est là tout le problème. Personne n'est certain de quoi que ce soit et c'est la raison pour laquelle il faut faire très attention à ce sujet. Je voulais t'en parler au cas où l'affaire deviendrait sérieuse."

Nina se tut pendant qu'elle réfléchissait à ce qu'elle venait d'entendre. Tout volait en éclats dans son esprit.

"Et comment s'appelle l'enfant ?

— Koffi. Son nom est Koffi."

III

Elle ne pouvait penser à rien d'autre.
Le garçon.
Son existence l'obsédait.

Pendant toute sa jeunesse, Nina avait demandé à ses parents un petit frère ou une petite sœur. En vain. Ils répétaient :
"Gabrielle et toi, vous nous suffisez amplement. Et puis les enfants, tu sais, il faut s'en occuper. Cela coûte cher de nos jours."

Comment aurait-elle pu deviner que les choses prendraient finalement cette tournure ?

Elle se tourna vers ses tantes. Celles-ci confirmèrent ce qu'Hervé lui avait révélé :
"L'autre jour, une jeune femme que nous n'avions jamais rencontrée est venue nous voir pour nous annoncer que Kouadio avait un fils. Nous lui avons répondu que, vrai ou faux, elle aurait dû se présenter pendant que ton père était encore vivant. En effet, il aurait pu lui-même nous donner la réponse. Et, bien sûr, elle prétend qu'il avait l'habitude de l'aider financièrement. Tu te rends compte, quelles preuves avons-nous ? C'est évident que cette femme-là cherche de l'argent.
— Avez-vous vu le garçon ?

— Non. Elle allait nous l'amener, mais nous lui avons rétorqué que ce n'était pas la peine. Il faut être prudent, tu comprends. Nous ne voulons pas voir débarquer à la maison une troupe de femmes comme elle. Cela ternirait la réputation de ton père. Il vaut mieux ignorer cette affaire."

Oui, peut-être que c'était une imposture. Peut-être que la femme n'était qu'une tricheuse. Des incidents imprévus survenaient toujours au moment des funérailles : des créanciers surgissaient de nulle part, des documents importants se volatilisaient et des objets disparaissaient tandis qu'une flopée d'inconnus se présentait à la porte. Il fallait s'attendre à tout. D'ailleurs, le chaos engendré par la mort était tel que les proches avaient coutume de fermer la chambre du défunt à double tour et de remettre les clés à une personne de confiance. Nina avait été choisie pour cette tâche. Elle circulait dans la maison avec le trousseau de son père dans sa poche.

Les doutes l'assaillaient. Et si l'enfant était vraiment son frère ? Elle ne supportait pas l'idée qu'elle ne le connaîtrait jamais. Cependant, à quoi bon chercher à le rencontrer ? Que pouvait-il y avoir de commun entre elle et ce gamin totalement étranger à sa vie ? Après tout, si son père avait fait le choix de les tenir séparés, refusant de créer un lien entre eux, pourquoi agir autrement ? Elle n'avait pas besoin de se rendre la vie plus compliquée qu'elle ne l'était déjà. Elle avait trop de préoccupations.

Mais, tout de même, s'il était vraiment son frère cela l'obligeait à se poser certaines questions : pourquoi son père ne lui avait-il rien dit ? Du temps où sa mère vivait encore, cela aurait pu se comprendre mais après, pourquoi avoir gardé le silence ?

Et si elle s'était complètement trompée sur lui ?

Cloîtré dans son rôle de patriarche, avouer l'existence de cet enfant l'aurait exposé au jugement de ses filles. Il n'avait pas voulu prendre ce risque, préférant leur construire une image idéalisée. Mais la mort en avait décidé autrement, elle, la grande révélatrice des secrets les mieux dissimulés.

Elle voulait rencontrer le garçon. Ne pas passer le reste de sa vie à se demander si oui ou non il était son frère. En avoir le cœur net. Ensuite, elle saurait quoi faire : soit l'intégrer dans la famille s'il en faisait vraiment partie (que les autres le veuillent ou non), soit en finir avec cette affaire, une bonne fois pour toutes.

Nina demanda à Hervé de la conduire à Abobo, de l'autre côté de la ville, dans le quartier où Koffi vivait avec sa mère.

"Je ne dis pas non. Mais, tu sais, c'est assez loin. Et par les temps qui courent ce n'est pas très indiqué de s'éloigner de la maison. On risque d'être coincés là-bas."

Il avait l'air contrarié.

"Ecoute, c'est vraiment important. Rends-moi ce service.

— Je te signale qu'il y a des problèmes à Abobo en ce moment. Si nous tombons sur une manifestation, ça peut être dangereux. Il y a souvent des affrontements politiques et…

— Nous ferons très attention, ne t'en fais pas, insista Nina en essayant d'être le plus convaincante possible. D'ailleurs, avant de partir, j'écouterai les informations à la radio et puis je lirai le journal du matin."

Malgré ses promesses, elle savait très bien que c'était compter sans les milices qui suffoquaient la ville et dont la présence n'était pourtant pas officiellement reconnue. Comment prévoir si des barrages seraient érigés sur la route ? En quelques heures, la situation pouvait changer du tout au tout : pneus enflammés, nuages toxiques, chaînes clouées en travers du goudron, bandes de jeunes armés.

Hervé accepta de l'accompagner après lui avoir fait promettre qu'ils rebrousseraient chemin à la moindre alerte.

Le lendemain en fin de matinée, Nina et son cousin quittèrent la maison. Selon les dernières nouvelles, tout était calme. Une grève des transporteurs était annoncée, mais seulement pour la semaine suivante.

Ils entrèrent dans Abobo. De chaque côté de la route, des taudis éparpillés empiétaient sur les trottoirs, imposant leur présence afin de jeter à la face du monde leur misère. Un marché en plein air attirait l'attention. On y voyait des kiosques à la structure branlante, des étalages disparates et des marchandises déposées à même le sol poussiéreux.

C'est bien cela la pauvreté, pensa Nina : un désordre indescriptible.

La voiture ralentit au niveau d'un marchand de cassettes dont le kiosque était installé sur le bord de la route. Tout à coup, l'espace alentour fut submergé par une musique assourdissante sortant des haut-parleurs. Un tunnel sonore où le monde extérieur se liquéfiait.

Les piétons passaient et repassaient devant eux. Des cyclistes aventureux tentaient de se faufiler hors du flot. A certains carrefours, les feux ne marchaient pas. Hervé roulait très lentement de peur de renverser quelqu'un.

Nina réalisa combien elle méconnaissait son pays. Elle avait vécu dans un univers protégé, d'où elle avait fini par s'échapper, certes, mais seulement par l'éloignement. A présent, là, au milieu de la foule, elle se rendait compte que son plus grand voyage se déroulait chez elle.

"Je ne comprends pas, avoua-t-elle candidement. Nous sommes en guerre, mais il y a des gens partout. Les rues grouillent de monde.

— Oui, cela peut paraître étonnant mais, en fait, c'est logique. Quand le Nord a été occupé par les rebelles, de nombreuses personnes se sont enfuies vers le Sud. Elles ont été obligées de tout abandonner pour se réfugier à Abidjan.

— Bien sûr, j'aurais pu y penser…

— Tu vois, dans ce quartier, presque chaque maison a dû accueillir quelqu'un et parfois même des familles entières – parents ou amis. La population a pratiquement doublé. Au début, on pensait que c'était une mesure temporaire. On était tous persuadés que la rébellion ne pourrait pas tenir longtemps.

— C'est vrai, nous avons tous pensé ça. Qui aurait pu croire que nous en serions encore là aujourd'hui ?

— C'est vraiment dur pour les déplacés et ceux qui les reçoivent. Mais ils arrivent à se débrouiller tant bien que mal. Ceux qui ont le plus de problèmes se trouvent dans les petites villes de l'intérieur. Ils vivent dans des camps de réfugiés."

Nina pensait qu'ils ne pourraient jamais se frayer un passage au milieu de la foule. Quand ils s'arrêtaient à un carrefour, les piétons encerclaient la voiture, la frôlaient, regardaient avec insistance à l'intérieur.

A une intersection, Hervé emprunta une route non goudronnée qui se transforma très vite en piste cabossée. Des trous béants l'obligeaient à faire du slalom. Nina ne pouvait s'empêcher de grincer des dents chaque fois que le bas de la voiture raclait le sol. Elle les voyait déjà coincés au beau milieu d'une ornière, la voiture ne pouvant plus avancer.

Après avoir lu l'adresse gribouillée sur un bout de papier, un passant leur indiqua la maison en montrant du bout du doigt une concession au fond d'un cul-de-sac. Ils étaient sur le bon chemin.

Ils se garèrent en retrait, sous un manguier qui donnait un peu d'ombre.

Nina ne bougeait pas.

"Qu'est-ce qui se passe, tu n'y vas pas ?

— S'il te plaît, peux-tu me rendre un grand service ? J'aimerais que tu ailles chercher l'enfant pour moi. Je préfère le rencontrer seule, dehors."

Hervé voulut dire quelque chose, mais il se ravisa :

"D'accord, pas de problème. Attends-moi ici."

Elle sortit du véhicule et alla s'adosser contre l'arbre. Son cousin disparut dans la cour.

Peu de temps après, il réapparut avec un petit garçon qui, tête baissée et les pieds traînant dans la poussière, semblait le suivre à contrecœur. Une jeune femme, sans doute sa mère, observait la scène, penchée à sa fenêtre. Quel genre de personne était-elle ?

Nina se sentit soudain pleine de culpabilité à l'idée qu'elle trahissait la mémoire de sa propre mère en allant à la recherche de l'enfant.

"Je me demande ce que je vais bien pouvoir dire à ce gamin."

Avant qu'elle n'ait pu penser à une phrase, il se tenait déjà devant elle.

Nina prononça son nom.

Il leva la tête.

Elle vit alors qu'il ressemblait trait pour trait à son père. Mêmes grands yeux noirs, même ovale du visage, même air de famille.

IV

Fouiller, fouiller. Nina avait l'impression de piocher de toutes ses forces dans le passé de son père, de vouloir en savoir trop. Pourtant, le carnet, elle n'avait pas eu besoin de le chercher bien loin. Elle l'avait trouvé, tout simplement, dans la sacoche noire qu'il prenait quand il se rendait au village.

LE CARNET DU PÈRE

Kouadio Krô P.SI., le 30/3/80.

Le XXᵉ siècle avait trente ans quand naquit KY, à l'aube d'un jour de récolte, dans le petit village de Krô, situé en pleine région du Sud-Est. M. KS et Mme LA venaient ainsi de mettre au monde leur fils aîné. Quelque temps après sa naissance, le beau bébé tomba dans un sommeil profond qui dura un jour et une nuit. La jeune maman affolée crut que son fils adoré était mort. Heureusement, il n'en était rien. L'enfant était simplement parti chercher un cadeau divin qu'il avait oublié dans le monde d'où il venait.

A l'âge de un an, lorsque KY commença à marcher, il était si turbulent qu'il faillit se faire sectionner la main droite. Un cousin qui taillait du bois abattit la hache au moment où, pour aider, KY voulait ramasser des copeaux. Cet accident allait changer son destin. En effet, à cause de cette

43

grave blessure, il ne pouvait plus être destiné aux travaux champêtres.

Très tôt doué, vers l'âge de 5 ans il devint l'un des tout premiers enfants à aller à l'école primaire tenue par des maîtres bénévoles ou rémunérés grâce aux contributions financières des parents d'élèves.

KY était très intelligent, aussi à 12 ans il obtint son certificat d'études, ce qui était rare à l'époque.

La guerre mondiale 1939-1945 ayant perturbé le système scolaire, les cours furent arrêtés. La préparation à l'école primaire supérieure de Bingerville eut tout de même lieu pour la région du Sud-Est et de Grand-Bassam. Environ une dizaine de jeunes du village de Krô avaient été sélectionnés pour aller préparer à la fois le certificat d'études primaires et l'entrée à l'EPS.

En 1944, seul le jeune KY de Krô et un autre élève de Bassam avaient réussi au concours d'entrée à l'EPS. Sur plus de vingt-deux candidats présentés par Grand-Bassam.

A Grand-Bassam, chez son tuteur, la vie du jeune KY était particulièrement difficile. En échange de son plat de riz quotidien, il était obligé de se lever à 4 heures du matin pour effectuer des travaux ménagers jusqu'à 7 heures, avant de prendre le chemin de l'école distante de plusieurs kilomètres. Malgré cela, il lui arrivait souvent de dormir le ventre creux. Il fut donc régulièrement obligé d'aller chercher, au quartier France ou à l'Impérial, d'autres tuteurs qui accepteraient de lui donner un lit et à manger toujours contre des travaux ménagers. Plus de six tuteurs se succédèrent.

Sans argent, sans nouvelles de ses parents, le jeune KY vécut durant quatre ans une vie de misère et de servitude sans jamais se décourager dans ses études.

A l'EPS, la vie fut plus assurée, plus digne et plus enrichissante. Le couvert et le coucher étaient fournis par l'administration de l'internat des garçons de l'EPS de Bingerville.

A cette époque-là, l'EPS de Bingerville recevait encore les élèves venant de Haute-Volta qui subissaient les mêmes épreuves du concours d'entrée que ceux de la Côte d'Ivoire. La Haute-Volta faisait partie de la Haute-Côte d'Ivoire. D'ailleurs, ce fut un jeune Voltaïque qui devint le major de cette promotion qui comptait plus de quatre-vingts élèves.

A l'EPS, le jeune KY se classa parmi les six meilleurs de son groupe. Aussi ne fut-il pas étonné lorsqu'on lui apprit son admission à l'école normale des instituteurs de Dabou. Dix Ivoiriens, une douzaine de Dahoméens et de Togolais furent reçus.

Par la suite, le jeune KY eut le privilège de se présenter au premier examen de brevet élémentaire jamais organisé en Côte d'Ivoire. Mais aucun Ivoirien n'obtint le diplôme. Le seul candidat heureux fut un jeune Européen. Devant le scandale que cette situation provoqua, le jury déclara quelques jours plus tard que notre major, M. J [illisible], avait en fait réuni les points nécessaires pour être déclaré admissible. Quant au jeune KY, il fut autorisé à se présenter à la deuxième session. Quatre de ses camarades de l'EPS avaient également obtenu les mêmes points.

A la fin des années 1940, la lutte pour notre émancipation du joug colonial battait son plein. Les deux ou trois candidats ivoiriens qui avaient consacré une grande partie de leurs vacances scolaires à préparer la deuxième session du BE ne purent réussir cet examen. Le jeune KY était de ceux-là. Les examinateurs européens aux abois disaient à ces malheureux candidats aux examens d'oral qu'ils ne comprenaient rien. Et pourtant ils étaient prêts à faire de la politique ! Résultat : aucun admis à cette deuxième session du premier examen de brevet élémentaire organisé en Côte d'Ivoire. Le jeune KY obtint ce fameux BE l'année d'après.

Ses camarades lui conseillèrent de continuer ses études en France s'il en avait les moyens. Ce conseil donna un coup de fouet au jeune KY dont les dispositions pour les grandes études étaient énormes. Il écrivit à ses parents pour leur annoncer qu'il souhaitait poursuivre sa formation en France. Ceux-ci acceptèrent cette proposition sans aucune difficulté. Ils entreprirent de donner chacun 5 000 à 10 000 francs. Très difficilement, ils réunirent une somme de 100 000 francs qu'ils envoyèrent à NG (aujourd'hui décédé et à la mémoire duquel le jeune KY vouera toujours une reconnaissance infinie). Aîné de la famille déjà installé en France, il s'occupa des formalités de voyage, de l'accueil à Paris et du choix du lycée.

L'établissement retenu fut le lycée David-d'Angers dans le Maine-et-Loire, où le jeune KY ne devait rester qu'une année scolaire. L'accident d'avion qui coûta la vie à trois élèves voltaïques durant les vacances l'avait tellement bouleversé qu'il prit la décision de quitter ce lycée où le souvenir de ses camarades d'école lui était devenu insupportable.

Après la colonie de vacances organisée par le gouvernement [illisible] à Nancy pour les élèves ressortissants de la Côte d'Ivoire, le jeune KY s'installa à Paris avec l'un de ses amis de la même région rencontré à Nancy. Cet ami, JS, avait décidé de lier son sort à celui de KY qu'il avait trouvé sérieux et studieux.

A Paris, mille difficultés l'attendaient.

S'il put être admis, après un examen de sélection, en première au collège Turgot (non loin de

*la place de la République), son compagnon, lui,
échoua. KY se sentit obligé d'aller plaider le cas de
son ami auprès du directeur de l'établissement.
Les larmes aux yeux, il se rendit dans son bureau.
Emu, le directeur donna une autre chance à JS.
Hélas, ce garçon avec lequel le jeune KY avait
trimballé sa petite valise d'hôtel en hôtel, ne man-
geait midi et soir que des baguettes de pain et du
pâté, cet ami ne devait pas prendre les études au
sérieux et devait quitter le jeune KY qui se montrait plus exigeant dans ce domaine.
KY passa avec succès la première et la deuxième
partie du baccalauréat, sciences expérimentales.
C'est en février de l'année suivante que KY se
maria avec Mlle Hélène Simon. Elle avait 18 ans.
KY en avait 19.
La vocation de KY était initialement d'entamer
des études de médecine, mais il s'inscrivit aussi à
l'Ecole nationale de la France d'outre-mer.
Il était très difficile de mener de front les cours
dans une grande école qui occupait le jeune KY
de 8 heures du matin à 13 heures et les études de
médecine. Heureusement que, pour ces dernières,
les travaux pratiques se faisaient dans l'après-
midi. De plus, les polycopies des cours étaient disponibles et permettaient de travailler seul la nuit
chez soi. Mais pendant les périodes d'examens il
ne se couchait pas avant 3 heures voire 5 heures
du matin.
Est-ce que les...*

Le texte se terminait ainsi. Abruptement.

Son père avait dû être interrompu par le téléphone, une visite impromptue ou un problème
urgent. Quoi qu'il en soit, arrêté en pleine phrase,
il n'avait plus jamais repris son carnet.

En y réfléchissant bien, Nina se disait que l'explication la plus probable, c'était l'arrivée d'une

personne assez importante pour lui faire abandonner son projet d'écriture. Peut-être avait-il parlé de
son intention de rédiger ses Mémoires et en avait-
il été dissuadé. Sa porte était tout le temps ouverte
car il aimait écouter les avis des uns et des autres.
Nina avait d'ailleurs pensé à maintes reprises qu'il
ne vivait que pour son entourage et ne parvenait
à s'épanouir véritablement qu'en présence de la
famille. Mais ce n'était pas tout, même des étrangers
avaient accès à lui pour demander des conseils, des
interventions en haut lieu ou des prêts. S'il montrait
parfois de l'irritation devant toutes ces sollicitations,
il était néanmoins flatté de constater qu'on avait besoin de lui. Sa réputation était celle d'un homme
généreux. Il suffisait de savoir le prendre.

A quel endroit se trouvait-il au moment où il
écrivait ces lignes ? Au village ou à la maison ? Le
carnet avait été rédigé en deux fois et avec des stylos de couleurs différentes. Son écriture aussi n'était
pas la même. Dans la première partie, elle était
soutenue, sereine, malgré les ratures et les lettres
parfois mal formées. Dans la deuxième, elle était
à peine lisible, minuscule et hésitante.
Ecrivait-il de jour ou de nuit ?
Les deux parties se suivaient sans aucune indi-
cation de date. Avait-il rédigé le deuxième texte
quelques jours, quelques semaines ou quelques
mois après le premier ? Plusieurs années s'étaient
peut-être écoulées. Il était peut-être dans un autre
état d'esprit, doutant du bien-fondé de son projet.
Que dire, que taire ? Néanmoins, il avait tout simplement commencé à la ligne suivante, sans laisser d'espace, comme s'il ne voulait pas s'avouer le
temps d'arrêt qu'il avait marqué. L'encre de son
nouveau stylo était plus foncée et contrastait avec
la précédente.

Le carnet : un cahier que sa femme avait déjà utilisé. Des notes de musique couvraient les quatre premières pages et quelques commentaires figuraient dans la marge. Il avait dû se l'approprier parce qu'il traînait sur le bureau. Hélène laissait des débuts de compositions un peu partout dans la maison, sur des feuilles volantes ou derrière de larges enveloppes. Il ne savait pas lire la musique, mais avait-il espéré, dans son for intérieur, que la créativité de sa femme serait une source d'inspiration ?

Il s'était aussi servi de la fin du cahier pour le compte rendu d'une réunion sur la planification rurale dans le Sud-Est. Nina y trouva des informations sur la démographie, les activités agricoles, les revenus, l'emploi, la santé et les infrastructures sanitaires de la région.

Pour en revenir au contenu du carnet, il était d'un style alambiqué, cousu de phrases lourdes et de non-dits. Encombré de détails.

Seul, devant les feuilles blanches, son père n'avait pas baissé la garde.

Nina pensa :

"Aucune émotion ne ressort de ce qu'il a écrit. Il ne parle pas de ses sentiments au moment où il a quitté sa famille, son village. Rien sur ce qu'il a ressenti à son arrivée en France. Rien sur son mariage et sur tout ce qui s'est passé avant. Un désert. Il ne s'étend que sur ses succès scolaires. Comment a-t-il pu mettre sur le même plan l'obtention de son brevet élémentaire et son mariage ? Pour qui et pourquoi écrivait-il ?"

Nina était amère. Il y avait tant de questions sans réponse dans ce carnet abandonné juste avant la naissance de Gabrielle, elle se demandait ce que son père aurait dit à ce propos. A en juger par ce qu'elle avait pu lire, il ne lui aurait probablement pas accordé une importance particulière. A moins qu'au contraire, ce ne fût l'une des raisons pour lesquelles il finit par abandonner ses souvenirs.

Elle se sentit soudain mal à l'aise. Mais de quel droit cherchait-elle coûte que coûte à dénicher une vérité qui n'existait pas ? Que pourrait-elle bien en faire ?

Les feuilles du carnet étaient déchirées par endroits. Elle le referma et le rangea.

Elle s'était levée tôt pour profiter des quelques moments de fraîcheur de la journée. Un petit courant d'air entrait par la fenêtre grande ouverte. Elle entendait le bruit régulier des autobus qui passaient déjà sur la route principale, les premiers passagers matinaux affalés sur leurs sièges. La circulation n'avait cessé d'augmenter d'année en année. Aux heures de pointe, il leur était devenu difficile d'entrer dans la main ou d'en sortir.

Dans le salon, plusieurs parentes éloignées dormaient encore sur des nattes. Elles étaient venues apporter leur soutien à la famille. La veille, l'une d'entre elles avait demandé à Nina de leur fournir un ventilateur parce qu'il faisait très chaud la nuit.

"A cause de la sécurité, on ne peut pas laisser les portes et les fenêtres ouvertes, tu comprends. Il fait trop chaud."

Dans la chambre de Gabrielle, elle avait trouvé un ventilateur et le leur avait prêté. Il ronronnait à présent. Bientôt, les femmes se réveilleraient et iraient vaquer à leurs occupations après avoir prié à voix haute devant la photo de Kouadio.

La maison redeviendrait alors une ruche pleine d'activité.

Et c'était ce qu'elle aimait. Le bruit des autres, la radio, les pleurs des enfants, les coups de pilon dans la cour à l'heure du repas, les voix. Cela la rassurait. Elle ne voulait pas du vide. Sans eux, son père aurait disparu à tout jamais. Ils avaient habité les mêmes lieux que lui et partagé le quotidien de sa vie.

Mais une question continuait de hanter Nina : si elle était revenue auprès de son père, se serait-il confié à elle ?

Préoccupation inutile à présent, bien entendu.

Il fallait aller de l'avant.

V

Vers 9 heures, rendez-vous aux pompes funèbres pour choisir le cercueil. Les prix variaient entre 169 000 francs CFA pour les cercueils fabriqués localement et 2 millions de francs CFA pour les cercueils importés des USA. Prendre un cercueil en zinc ? Trop cher. L'employé des pompes funèbres hocha la tête et leur expliqua que c'était bien dommage car le zinc était indestructible. Personne ne pouvait ouvrir ces cercueils une fois scellés. Ils ne se désintégraient pas. Cela représentait donc une meilleure sécurité contre les profanateurs de tombes qui pullulaient dans la région du défunt. Par ailleurs, le corps serait parfaitement conservé à l'intérieur.

Les membres de la famille s'en tinrent cependant à leur décision, un cercueil en chêne blanc. Un bon compromis de l'avis de tous.

Fallait-il prévoir un capitonnage ? Et, si oui, en satin ou dans un autre tissu plus abordable ? Il y avait trois modèles de croix. Laquelle choisir ?

Concernant le corbillard, ils optèrent pour une Cadillac. Nina aurait préféré quelque chose de plus discret mais on lui rappela que c'était une question de dignité, non seulement pour Kouadio, mais pour toute la famille.

Les frais de conservation, préparation, habillement, le prix du cercueil y compris le coût du véhicule, de l'essence, du chauffeur et de son coéquipier furent calculés par l'employé des pompes funèbres. Il tapait sur la calculette avec le bout de son stylo.

La famille repartit, devis complet en main.

A la sortie, Nina rencontra une amie qu'elle n'avait pas vue depuis longtemps. Celle-ci était là pour la même raison : un décès. Elles échangèrent les dernières nouvelles et notèrent leurs numéros de téléphone avant de se quitter. Désormais, elles avaient un lien de plus en commun. Toutes les deux savaient à quoi ressemblait l'autre face de la vie.

De retour à la maison, Nina alla s'allonger dans sa chambre. La petite chienne poussa la porte avec son museau, sauta sur le lit et se pressa contre elle. L'animal la suivait partout et avait pris l'habitude d'être à ses pieds, sous la table à l'heure des repas ou sous le bureau quand elle travaillait. Nina la caressait et lui donnait à manger. Ne gardait-elle pas la maison depuis des années ? Mais, maintenant qu'il y avait du monde, elle se cachait et ne sortait que lorsque Nina était présente.

Après la sieste, les tantes décidèrent de donner un air plus solennel au salon car la photo de leur frère y était exposée. C'était un portrait que Nina avait pris lors d'un séjour au village, des années auparavant. Son père semblait particulièrement heureux ce jour-là et elle avait capturé ce moment.

Les femmes se mirent ensemble pour accrocher un grand pagne tissé contre le mur du fond afin de créer un décor plus riche. Elles placèrent la photo devant, sur une table dont la nappe blanche descendait jusqu'au sol. Des bouquets de fleurs en plastique et des cierges complétaient l'installation, ainsi qu'un crucifix, une bible et un chapelet.

Nina eut un coup au cœur en entrant. Personne ne l'avait consultée. Ce spectacle la désola. Mais, devant les visages radieux de ses tantes, elle comprit qu'il serait inconcevable de tout démonter. Elles lui dirent qu'elles avaient agi ainsi parce qu'au début, à l'annonce officielle du décès, quand les gens venaient s'incliner devant la photo du défunt, posée très sobrement dans un coin du salon, ils demandaient, l'air étonnés : "Vous n'avez pas fait d'autel ?"

Un vieil ami de son père vint rendre visite à la famille. Quand elle le vit, elle alla tout de suite à sa rencontre car il marchait avec difficulté. Ils s'assirent sur la terrasse pour discuter. Il lui décrivit dans les menus détails les graves problèmes de santé dont il souffrait. Il avait un cancer des os. A la suite d'un long traitement de chimiothérapie qui l'avait rendu très faible et lui avait fait perdre du poids, il était resté vingt jours immobilisé dans un lit d'hôpital. De douloureuses escarres mirent plusieurs mois à guérir.

Il était plus âgé que Kouadio, un peu plus ridé et certainement en moins bonne forme que lui, de son vivant. Et pourtant, il se tenait là, devant elle, souriant, malgré la souffrance que son corps lui imposait. Après leur discussion, il allait rentrer chez lui pour manger son dîner et regarder la télévision, tandis qu'elle ne reverrait jamais plus son père. Pourquoi ?

Les tantes demandèrent à leur nièce de garder la bague qui avait appartenu à son père jusqu'à la fin des funérailles. Selon la tradition, l'objet devait être enterré avec lui. Nina en éprouva une profonde contrariété car elle aurait aimé la glisser à son doigt. Elles lui annoncèrent par la même occasion qu'il était maintenant préférable que les portes du bureau et de la chambre à coucher restent ouvertes. En effet, un vieux du village venait de leur envoyer un message : il avait vu en rêve que Kouadio essayait désespérément de rentrer chez lui. Mais il n'y arrivait pas, car les portes étaient fermées à clé.

Nina demanda pourquoi l'esprit de son père n'était pas capable de traverser les murs.

On trouva un compromis. Le bureau resterait désormais ouvert, mais elle continuerait de garder la clé de la chambre.

Vers la fin de sa vie, le père avait restreint ses mouvements. Il ne se déplaçait que de sa chambre à la salle à manger puis au bureau. Le reste ne l'intéressait pas. Il pouvait y avoir des fuites d'eau, des carreaux cassés ou des rideaux déchirés, cela n'avait plus d'importance pour lui. Il s'était progressivement détaché de tout ce qui se trouvait en dehors de son espace. Il vivait à l'intérieur de sa solitude peuplée par des regrets dont il était le seul à connaître la vraie nature. Ressassant des blessures et des règlements de compte avec lui-même, il avait terni.

C'était contre cette saleté de la vie que Nina se battait. Frotter, essuyer, laver, que fallait-il donc faire pour effacer le temps ? Malgré son amour, elle avait été incapable de protéger son père. Tout comme elle n'avait pas réussi à le sortir de son enfermement.

Et ce sentiment était accentué par une certitude : un jour ou l'autre, elle allait trahir sa mémoire.

VI

"Il y a plusieurs années de cela, ton père s'est effondré devant moi. C'était la première fois que je voyais un homme de son âge pleurer à chaudes larmes. Il avait vraiment cru que le poste de ministre de la Santé lui reviendrait. Les journaux l'avaient déjà placé en tête des candidats pressentis. Mais à la dernière minute, il a été écarté et quelqu'un d'autre a pris sa place. Cela a dû être la plus grande déception de sa vie. Il ne s'en est jamais remis. Je pense qu'il n'avait jamais su tirer les ficelles du pouvoir. Pas assez militant, sans doute."

Le cousin Nyamké parlait ainsi pour bien montrer à Nina qu'il avait été très proche du défunt. Il marqua une pause et avala une bouchée de son repas pendant qu'elle essayait de peindre mentalement la scène qu'il venait de lui décrire. Inconcevable. Pour elle, son père était inébranlable. En tout état de cause, rien n'avait transparu à la maison. Mais le témoignage de cet homme lui rappela à quel point il avait considéré ce reniement comme une véritable gifle publique.

Le cousin Nyamké était propriétaire d'une fabrique de briques, Côte d'Ivoire au Travail, qui lui rapportait si bien qu'il avait investi dans une opération immobilière ambitieuse. Il comptait parmi les membres les plus appréciés dans la famille, même si on murmurait parfois que son succès venait essentiellement de ses relations au sein du nouveau gouvernement. Il avait vite compris que le pouvoir était à présent entre les mains d'une génération d'hommes politiques d'un autre style. Ceux de l'ancien régime avaient perdu de leur autorité, de leur honneur, payant ainsi cher pour avoir sous-estimé leurs opposants. Un raz-de-marée les avait balayés. Maintenant que leur temps était révolu, ils se retrouvaient au banc des accusés.

"Vous avez saccagé le pays !
— Vous avez trahi nos espoirs !"

Le père de Nina s'était-il senti responsable de cette débâcle, lui qui à l'époque avait fait partie de l'élite ?

Après une dernière bouchée, le cousin Nyamké en vint finalement au motif réel de sa visite :
"Tu sais, cela me gêne de te le dire, Nina, mais Kouadio me devait de l'argent.
— Pardon ?"
Un soupir s'échappa :
"Oui… je disais que ton père me devait de l'argent. Pas mal d'argent. Je sais que tu as beaucoup de préoccupations en tête avec les funérailles, mais je tenais à t'avertir moi-même de ce problème afin que tu ne l'entendes pas de quelqu'un d'autre. Il m'a emprunté une grosse somme en me disant qu'il allait me la rendre en l'espace de quelques mois. J'ai attendu plusieurs années. Chaque fois que je lui en parlais, il me disait d'attendre encore. J'ai attendu. Et puis voilà, la mort est venue.
— Combien ?" coupa Nina sans faire de civilités.
Il eut un mouvement de recul, visiblement choqué par la brutalité de la question. Ce n'était pas ainsi que l'on s'adressait à un aîné de la famille. Néanmoins, il ravala sa fierté et répondit sans sourciller :
"A peu près 4 millions.

— 4 millions ?!! Mais c'est énorme, ça ! Et pourquoi t'a-t-il demandé autant d'argent ?

— C'est un peu délicat, fit-il, l'air embarrassé. Ton père a passé une période très pénible ici. Je ne sais pas si on te l'a expliqué, mais il était mêlé à de mauvaises histoires.

— Oui, je suis au courant, rétorqua Nina tout de suite sur la défensive. Mais ce que tu dis là m'étonne vraiment. 4 millions ? C'est beaucoup trop. Moi, je n'ai pas une somme pareille. Je n'ai pas cet argent-là.

— Ne t'inquiète pas, ce n'est pas pour maintenant ! s'exclama-t-il sur un ton conciliatoire. Je ne te demande pas de me rembourser tout de suite. Il fallait seulement que tu le saches pour après, je veux dire quand les funérailles seront terminées."

Nina avait du mal à cacher son irritation :

"Et, bien sûr, tu as une reconnaissance de dette, un papier, je ne sais pas moi, quelque chose à me montrer ?"

Il parut offusqué :

"Mais voyons, Nina, tu sais bien comment les choses se passent chez nous. Je n'allais tout de même pas lui demander de me signer un papier. C'était une question de confiance. Ton père a beaucoup fait pour moi et j'avais énormément de respect à son égard. Je ne pouvais pas lui demander de signer quoi que ce soit.

— Quand l'argent tardait à venir, pourquoi n'as-tu pas insisté ? Pourquoi n'as-tu pas remué ciel et terre pour te faire rembourser ?

— Comme je te l'ai dit, ton père n'était pas facile du tout. Il ne voulait jamais rien savoir. Chaque fois que j'essayais d'en parler, il disait : «On verra ça plus tard !» et il passait immédiatement à un autre sujet."

Nina le fixait du regard. Elle remarqua qu'il avait un kyste sur la paupière gauche. Excédée, elle lança :

"Et tu veux que je te donne 4 millions, comme ça ? Ecoute, les temps ont changé, on ne peut pas se baser sur de simples paroles. Ce n'est pas raisonnable.

— Ne te fâche pas, Nina. Je t'ai dit que ce n'est pas pour maintenant et…

— Ecoute, tu me prends totalement au dépourvu, reprit-elle froidement. Il y a énormément de dépenses pour les funérailles. Et puis je ne vois pas encore bien clair dans les finances. Il y a les impôts à régler en priorité. Tant que ce ne sera pas fini, je ne peux rien faire. Mais j'en parlerai à mes tantes. Nous tiendrons une réunion familiale, si nécessaire. Une chose est certaine, je ne peux pas décider toute seule."

Le cousin Nyamké se leva, remercia Nina pour le repas et ajouta en guise de conclusion :

"Bon, maintenant, la balle est dans ton camp… Je te fais confiance."

Nina ne se donna pas la peine de le raccompagner. Comment pouvait-il venir réclamer de l'argent avant même que l'enterrement ait eu lieu ? 4 millions ! Mais pour qui la prenait-il ?

VII

La chambre de son père avait une salle de bains attenante, Nina prit donc l'habitude de l'utiliser car trop de personnes se servaient des autres. Cependant, elle n'avait pas osé déplacer sa brosse à dents et son tube de dentifrice, toujours dans le verre, ainsi que son rasoir argenté, un cadeau qu'elle lui avait offert pour son anniversaire, trois ans plus tôt.

Elle rangea le peigne, la bouteille de parfum et la boîte de talc dans l'armoire à pharmacie. Pendant toute son enfance, cet endroit avait symbolisé l'intimité de ses parents.

Avant de prendre son bain, Nina suivait toujours une routine bien établie. Il lui fallait enlever, l'un après l'autre, les insectes collés contre les parois de la baignoire.

Elle les poussait tout doucement du bout du doigt pour les aider à grimper. C'était une entreprise délicate : une pression trop forte et une aile se brisait. Un geste maladroit et des pattes se détachaient. Elle prenait le temps qu'il fallait.

Il y avait quelque chose d'anormal dans son attitude, elle en était totalement consciente. Cependant, aussi loin que remontaient ses souvenirs, elle avait procédé ainsi. Les êtres humains n'étaient-ils pas forcés de cohabiter avec mouches, moustiques, cafards, fourmis, papillons et autres ? Sans compter les grillons à la saison des pluies. Difficile de leur échapper. Respecter leur existence était la seule issue. Mais elle savait faire la différence : les moustiques donnaient le palu, les cafards transportaient des maladies et les termites dévoraient tout ce qu'ils touchaient. Avec eux, c'était la guerre. Par contre, sauver un papillon de la noyade ne pouvait être qu'une bonne action.

Quand elle était petite, leur ancienne maison familiale ne possédait qu'une salle de bains commune à l'étage supérieur. Comme il faisait chaud toute l'année, la fenêtre restait grande ouverte. A la tombée de la nuit, sa mère faisait couler l'eau, vérifiait la température et les laissait se laver chacune à leur tour. Nina passait après sa grande sœur. La lumière avait déjà attiré bon nombre d'insectes. Le plus souvent, elle arrivait à temps pour les secourir. Mais ses échecs les plus cuisants, elle les connut avec les papillons. Une fois mouillées, leurs ailes restaient collées l'une contre l'autre et ils ne pouvaient plus s'envoler. Quand elle les déposait sur le rebord de la fenêtre, une traînée de poudre scintillait, signe qu'ils étaient perdus. Ils tournaient en rond pendant quelques secondes, puis tombaient sur le côté, abattus. Elle les observait, impuissante. De la même manière, tenter de sauver un éphémère était tout à fait inutile. Un peu comme vouloir sortir un lapin de la gueule d'un léopard. Les ailes se détachaient dès qu'on les touchait. Ainsi commença son obsession.

Premier appel : "Qu'est-ce que tu fabriques, Nina, tu n'as pas encore fini de faire ta toilette ?"

Ramenée à la réalité par la voix de sa mère, elle rajoutait de l'eau chaude et entrait dans son bain. Elle y restait sans bouger pendant que son regard balayait le périmètre de la pièce comme si elle voulait prendre la mesure de sa prison. Puis elle fermait les yeux pour oublier les bêtes qui tapissaient le sol, silencieuses et condamnées.

Deuxième appel : "Nina, tu es encore dans l'eau ?"

Elle ouvrait les yeux brusquement, se levait et debout dans le bain se savonnait méthodiquement.

Troisième appel : "Nina, sors de là, maintenant !"

De son enfance, Nina gardait la frayeur des mantes religieuses. Il y avait quelque chose de surnaturel dans ce mélange de beauté, de délicatesse et d'extrême cruauté. Elle ne pouvait ni s'en approcher ni leur faire le moindre mal. Si elle en apercevait une sur le rebord de la fenêtre, plus de bain pour elle, ce soir-là. Elle restait dans un coin de la pièce, faisait quelques bruits d'eau, puis sortait sans rien dire.

"Est-ce vrai que les mantes religieuses mangent leurs partenaires après s'être accouplées ?" avait-elle demandé un jour à son professeur de sciences naturelles au lycée.

Toute la classe avait rigolé.

"Eh bien, Nina, ta question va nous permettre d'éclaircir ce mystère ! Ce sera ton prochain sujet d'exposé."

Plusieurs heures à la bibliothèque lui avaient permis de trouver la réponse dans un livre sur le monde des insectes.

Chez les mantes religieuses, la femelle s'empresse de manger le mâle dès l'accouplement terminé, ou même de manger la tête du mâle occupé à la féconder. Loin de mettre fin à la copulation, ce comportement détruirait la partie du cerveau du mâle qui réduit progressivement la vitalité des organes génitaux. L'accouplement se poursuivrait donc plus longtemps, et de façon très vigoureuse. Selon certains spécialistes, cette dernière théorie reste à prouver. De façon générale, les insectes ont plutôt tendance à développer des stratégies permettant aux mâles de féconder plus d'une femelle, et non de les faire périr de façon précoce.

Nina leva les yeux et regarda en direction de son professeur. Allait-il la punir pour avoir lu un tel extrait ? Non, il n'avait pas du tout l'air choqué. Il lui fit signe de continuer. Les élèves n'avaient plus du tout envie de rire.

Tenant son auditoire, elle reprit :

Prédateurs efficaces, les mantes religieuses chassent à l'affût. Elles restent le plus souvent immobiles, les pattes avant relevées dans une position qui rappelle celle de la prière (ce qui leur a valu leur nom). La forme de leur corps et leur coloration constituent un excellent camouflage dans les herbes et les buissons où elles attendent leurs proies. Dès qu'un insecte passe à sa portée, la mante attaque par une brusque détente de ses pattes ravisseuses. La mante tue souvent sa proie en commençant par manger le "cou" et la tête, ce qui détruit les ganglions nerveux de sa victime et l'empêche de se débattre. Mais peu importe par quelle extrémité elle dévore sa proie, la mante religieuse se nourrit de façon très méthodique. Elle grignote systématiquement les tissus de la victime encore vivante sans se préoccuper de ses mouvements. L'insecte réussit même à manger des parties très dures, comme les pattes et la capsule enrobant la tête, ne laissant que quelques restes. Lorsqu'elle a terminé son repas, la mante nettoie avec application sa tête et ses pattes.

Elle eut une bonne note et gagna le respect de la classe, mais les informations qu'elle avait réussi à glaner confirmèrent ses peurs les plus folles.

Les fourmis, c'était une autre histoire. Dans le même livre, Nina avait appris qu'elles évitaient les violences inutiles. Mais la nature de leur civilisation sophistiquée incitait presque irrésistiblement les plus intelligentes d'entre elles à porter la guerre chez les races moins agressives dont l'alliance leur était pourtant indispensable. *C'est en quoi elles se rapprochent des plus hautes civilisations humaines**, avait conclu l'auteur.

La guerre, une marque d'intelligence ?

A y bien penser, Nina aurait pu aimer les fourmis si elles n'avaient pas été aussi nombreuses. Celles qui vivaient dans les maisons étaient minuscules, propres et inoffensives. Mais les retrouver au petit-déjeuner dans le sucrier, l'après-midi dans le paquet de biscuits et le soir le long de l'évier finissait par l'exaspérer.
Elle ne tirait aucun plaisir à les détruire.

* Maurice Maeterlinck, *La Vie des fourmis*, 1930.

VIII

Afin de pouvoir mieux ranger le tiroir de la table de chevet de son père, Nina renversa tout le contenu sur le lit. Comme d'habitude, son intention était de faire un tri et ensuite de replacer ce qui valait la peine d'être gardé. Elle trouva pêle-mêle des boîtes de médicaments contre le diabète, des clés rouillées, plusieurs stylos à encre, une feuille de papier couverte de numéros de téléphone, un chapelet en ivoire, des boutons de manchette et un petit livre avec un démon rouge sur la couverture. Le titre l'interpella : *La Sorcellerie et ses remèdes, guide pratique à l'intention de ceux qui veulent se libérer.*

Elle interrompit son rangement et commença à le lire.

I − LA SORCELLERIE ET SES SIGNES

A) Qu'est-ce que la sorcellerie ?
Un python est un grand serpent qui tue ses proies en les étouffant lentement. La sorcellerie étouffe de la même façon. Les sorciers opèrent surtout la nuit, cherchant l'opacité des ténèbres. Ils opèrent comme des chiens hurlants. Ils ont des pouvoirs spéciaux qu'ils acquièrent grâce aux démons et/ou au diable et sont experts dans la manipulation, l'intimidation ou la domination. Ils utilisent

des lances et des voitures pour faire du mal (ne montez jamais dans une voiture en rêve).

Les sorciers tendent des pièges en utilisant la nourriture (ne mangez jamais en songe).

Ils tissent des toiles d'araignée (un sentiment de toile d'araignée sur votre visage est un signe satanique).

Il y a deux sortes de sorcellerie :

– La sorcellerie positive (pour les guérisons, l'amélioration des affaires et de la fortune, la protection contre le vol, les accidents et l'adultère).

– La sorcellerie destructrice (légitime en cas de contre-attaque, mais illégitime en cas d'attaques méchantes initiées contre des individus, des familles et leurs biens).

B) Faites-vous ce qui suit pendant vos rêves ou vos nuits d'insomnie ?

1. Participez-vous à des festins nocturnes ?

2. Participez-vous à la distribution d'aliments dans vos rêves ?

3. Consommez-vous des animaux dans vos rêves ?

4. Un agent de Satan vous frotte-t-il le corps avec un œuf ?

5. Buvez-vous du sang dans vos rêves ?

6. Voyez-vous un léopard apparaître dans vos rêves ?

7. Mangez-vous des aliments sur lesquels ont été prononcés des enchantements pendant une cérémonie d'enterrement ?

8. Voyez-vous des esprits qui se promènent dans votre chambre ?

9. Des ombres se faisant passer pour des morts que vous connaissez vous poursuivent-elles ?

10. Etes-vous harcelé par des créatures de la nuit ?

11. Voyez-vous des masques de votre village vous prendre en chasse ?

Si oui, sachez que les signes révélant qu'un sorcier vous a attaqué sont les suivants :
– Des problèmes matrimoniaux compliqués.
– Des états d'incertitude financière prolongés.
– La disparition soudaine de ceux qui étaient prêts à vous aider.
– Un désir impulsif d'atteindre le sommet ou de prendre la place d'une personne au sommet.
– Un fort esprit de vengeance.
– Un fort désir de voir vos opposants ou même vos amis souffrir.
– Nager, voler, parler et manger régulièrement en rêve.
– Assister à des réunions secrètes en rêve.
– Se réveiller avec des marques étranges ou des coupures sur tout le corps.

C) Diagramme représentatif de l'homme déchu

DIEU
Anges   Jésus-Christ
Saint-Esprit
Satan
Principautés
Puissances
Maîtres des ténèbres
Démons
Intermédiaires ou agents (sorciers, féticheurs, divinateurs, esprits des eaux, marabouts, etc.)
HOMME DÉCHU

L'homme déchu ouvre une fosse, il la creuse et tombe dans le trou qu'il a fait.

II – COMBATS CONTRE LES ATTAQUES DE SORCELLERIE

Il existe plusieurs stratégies :

1. Par la prière salvatrice
Pour traiter les attaques répétées d'un sorcier :
– 3 jours de prières-veillée de 22 heures à 5 heures.
– 3 jours de jeûne de 18 heures à 21 heures, avec intervalles de prières.

– 7 jours de prières-veillée de 22 heures à 5 heures.
– 7 jours de jeûne, avec intervalles de prières.

2. Par la repentance

Oter le péché de la bouche en prononçant à haute voix, tout en égrenant votre chapelet, les phrases suivantes :

– "Je me repens de m'être impliqué dans la sorcellerie, consciemment ou inconsciemment."

– "Je me repens de m'être marié et d'avoir eu des rapports sexuels avec quelqu'un d'autre dans mes rêves."

– "Je me repens d'avoir bu du sang dans mes rêves."

– "Je me repens d'être allé consulter des médiums et des marabouts."

– "Pardonne-moi, ô Dieu ! Purifie-moi et lave-moi !"

– "Le péché était dans ma bouche et sur ma langue, mais à partir d'aujourd'hui, je me repens."

3. Par la renonciation

Balayer la sorcellerie du revers de la main en prononçant les phrases suivantes :

– "Je renonce à tous les péchés dans ma vie et dans ma famille."

– "Je renonce et je rejette toute sorcellerie dans ma vie et dans mon mariage."

– "Je renonce à impliquer les miens dans la sorcellerie."

4. Par le rejet

Vomir la sorcellerie en clamant avec conviction :

– "Je vomis à l'instant même tout fluide (liquide) satanique de mon corps."

– "Je vomis toute semence (graine) maléfique plantée en moi."

– "Je vomis toute goutte de sang que j'aurais avalée à mon insu."

– "Je vomis toutes les richesses que j'ai dévorées et je promets de les rendre."

Remarque :
Utilisez le tonnerre pour vous venir en aide.
Répétez sept fois l'une des phrases suivantes :
    – "Que la voix du ciel se fasse entendre comme le claquement des éclairs !"
    – "Que le tonnerre frappe les grottes où les sorciers stockent mes bénédictions !"
    – "Que le sang des sorciers vole en éclats !"
    – "Que la ville des sorciers s'effondre !"
    – "Que le village des sorciers soit détruit !"

III – DERNIÈRE PROCLAMATION

Récitez votre chapelet trois fois et ensuite répétez trois fois :
    – "Je marche sur le lion et toute vipère qui menacent ma vie spirituelle."
    – "Je remporte la victoire sur tous mes ennemis, ainsi que tous ceux qui menacent ma vie émotionnelle, la sécurité de ma famille et ma liberté."
    – "Esprit de colère, descends sur eux !"
    – "Esprit de souffrance, descends sur eux !"
    – "Esprit de mort, descends sur eux !"
    – "Malédiction ancestrale, descends sur eux !"
    – "Si j'ai oublié une chose néfaste qui règne sur ma vie, qu'elle descende* !"

Nina referma le livre. C'était sinistre. Elle aurait voulu croire que cet ouvrage se trouvait dans le tiroir par hasard. Mais les pages écornées révélaient qu'il avait été consulté maintes fois. Des larmes lui montèrent aux yeux. Dans quel monde son père avait-il vécu ? Elle comprit qu'ils avaient été séparés l'un de l'autre par une distance bien plus grande que les milliers de kilomètres entre eux.

* Adaptation de *Manuel d'école de prière. Vaincre les attaques des sorciers*, directeur de publication : Uche Praise.

IX

La télévision allumée, Dr Kouadio regardait les dernières informations avant de s'endormir. La nuit était descendue sans incident. Rafraîchie par l'absence du soleil, la maison respirait, tranquille. Sa femme était en train de travailler dans son studio. Elle y resterait encore pour longtemps.

On frappa trois coups secs contre la fenêtre de sa chambre.

Surpris, il éteignit l'appareil et demanda à voix haute :

"Qui est-ce ?

— C'est moi, patron… Excusez, il y a une visite…", répondit le gardien, contrarié d'avoir à le déranger à un si mauvais moment.

Il ne prit pas la peine d'en savoir plus. A cette heure tardive, ce ne pouvait être qu'une seule personne :

"D'accord, j'arrive. Fais-le attendre sur la terrasse."

Il enfila sa robe de chambre. Pourquoi ce soir ? Ils avaient pourtant convenu que leur prochain rendez-vous ne se tiendrait qu'à la fin du mois.

Le marabout portait un large boubou en basin blanc, brodé au niveau du col et des manches. Un jeune homme portant une mallette noire l'accompagnait. Ils étaient tous les deux assis confortablement dans les fauteuils.

"Bonsoir, mon frère, fit le marabout en se levant. Je suis venu parce que je dois te parler urgemment.

L'argent que tu m'as donné la semaine dernière, ça ne suffit pas. J'ai remis la somme à celui qui multiplie les billets, mais il dit qu'il ne peut rien faire avec.

— Comment ça ?! demanda le père, énervé. Je croyais qu'on s'était mis d'accord sur le montant. Je ne peux pas donner plus.

— Il faut encore faire un petit effort, insista le marabout sans se laisser intimider. Je n'y peux rien. Moi, j'ai fait mon travail, mais l'autre dit que la somme est trop petite et que les sacrifices que tu lui as demandé d'entreprendre ne peuvent pas être efficaces dans ce cas-là. Il ne travaille pas avec des petites quantités parce que ce qu'il fait, c'est très dangereux. On n'appelle pas les esprits facilement. Il faut que ça vaille le coup.

— Mais où veux-tu que je trouve l'argent ?

— Fais de ton mieux, mon frère. C'est le double que tu vas recevoir. Avec lui, ça n'a jamais manqué. Tu seras bientôt riche. Est-ce que tu t'es bien lavé le corps avec les plantes que je t'ai envoyées ?

— Oui, oui, j'ai fait comme tu m'as dit.

— Donc, y a pas de problème. Je reviens demain soir prendre le reste de l'argent. Trouve le maximum. Mais dépêche-toi. Comme tu es mon ami, il a dit qu'il pouvait attendre encore un peu. Mais pas longtemps, tu as compris ?"

Le marabout fit un signe de la tête à son compagnon qui lui tendit la mallette. Il en sortit un flacon contenant une substance marron.

"Tiens, prends ça. Tu mélanges la poudre dans un verre d'eau et tu bois le tout avant de te remettre au lit. Demain, tu trouveras quelqu'un qui pourra t'aider financièrement, je te le jure.

— C'est bon, répondit le père à contrecœur. Je vais essayer."

Il attendit que le gardien referme le portail derrière les deux hommes avant de retourner dans sa chambre. La nuit était terminée pour lui.

Combien d'argent avait-il déjà remis à ce marabout ? Il avait cessé de compter devant la fréquence de ses versements. Et il lui fallait à présent en trouver rapidement si l'affaire des billets devait aboutir.

Il prit le flacon que le marabout lui avait donné, vida la poudre dans son verre d'eau, regarda le mélange se dissoudre et l'avala d'un trait. Puis il se recoucha tout en sachant que le sommeil ne viendrait plus.

Les impôts lui étaient tombés dessus sans prévenir. La lettre du Trésor lui intimait de régler ses arriérés sous peine de poursuites judiciaires. Avant, il aurait su à qui s'adresser pour réprimander l'agent qui avait osé lui écrire en ces termes. Mais aujourd'hui il ne savait plus vers qui se tourner.

Quand il envoya son neveu entreprendre les démarches à sa place, celui-ci revint en disant qu'on l'avait fait attendre en vain dans les bureaux. Vexé, il alla rendre visite à d'anciennes relations qui auraient pu le sortir de cette situation mais personne ne voulait prendre de risques. Il ne lui resta plus qu'une seule alternative : négocier un paiement par échéances.

Son oreiller était trempé de sueur malgré la climatisation. Il se rendit dans la salle de bains et se passa un peu d'eau fraîche sur le visage. Cela ne lui apporta aucun soulagement. Il dut s'agripper des deux mains au rebord du lavabo quand il se sentit partir à la renverse.

Tout arrêter avant qu'il ne soit trop tard ! Avant que le scandale et la honte ne l'engloutissent. Mais il ne savait plus où trouver la force.

La peur d'être découvert le tint éveillé jusqu'au petit matin.

X

Le chef de service était passé à la maison dès qu'il avait appris la nouvelle de la mise à la retraite anticipée de son directeur. Il était révolté :

"Je ne comprends pas pourquoi ils ont fait ça, docteur. Tout le personnel de l'Institut est sous le choc. Il n'y a aucune justification.

— C'est une décision qui a été prise en haut lieu. J'en suis moi-même très surpris. Cela doit être une raison politique…

— Mais ils savent quand même que vous avez fait du bon travail ! C'est vrai, malgré la crise, notre Institut de stomatologie est le meilleur de toute l'Afrique de l'Ouest. Vraiment incompréhensible ! Ce doit être l'œuvre d'une personne qui vous veut du mal, un ennemi puissant."

Dr Kouadio haussa les épaules pour montrer qu'il acceptait son sort avec fatalité. Mais le chef de service, lui, voyait les choses différemment.

"Si jamais vous voulez consulter un marabout pour qu'il vous aide à chasser ces mauvais esprits, j'en connais un très efficace. Il a résolu plusieurs fois mes problèmes et a aussi réussi à aider mon frère quand il est tombé gravement malade. Il peut faire beaucoup de choses."

Son offre fut déclinée.

Cependant, deux semaines plus tard, il fut victime d'un accident qui aurait pu lui coûter la vie. Au moment où il allait descendre de sa voiture, une moto déboucha d'une ruelle et percuta sa portière ouverte. Le conducteur fut projeté à quelques mètres et se retrouva avec une jambe cassée et plusieurs côtes brisées. Quant à lui, il s'en était sorti indemne, n'ayant pas encore mis le pied hors du véhicule. A quelques secondes près, il aurait pu être tué.

Comme si cela ne suffisait pas, le lendemain, il reçut son premier avis d'arriérés d'impôts. En découvrant la somme invraisemblable que l'on exigeait de lui, il finit par en venir à la même conclusion que son ancien chef de service. Quelqu'un, quelque part, lui voulait du mal.

Comme par une étrange coïncidence, Konan, le fils du vieux Amichia, l'invita à prendre part à un voyage au Ghana qu'il organisait avec plusieurs autres personnes. Il y avait encore une place libre dans la voiture.

Mme Affoué Germaine y allait afin de s'approvisionner en produits cosmétiques pour son petit commerce. Le cousin Gustave voulait rendre visite à son fils installé là-bas avec sa famille, depuis que son entreprise avait fermé ses portes à cause de la guerre et avait été délocalisée à Accra. Quant à lui, Konan, il voulait consulter un pasteur ghanéen renommé dont le campement était situé à quatre-vingt-cinq kilomètres de la capitale. N'arrêtant pas de dépérir depuis plusieurs mois et n'ayant vu aucune amélioration de sa santé malgré les différents traitements médicaux, il avait décidé de tenter autre chose.

"Si tu veux, tonton, tu peux te joindre à nous, il n'y a pas de problème. Nous irons ensemble chez le pasteur. C'est un grand guérisseur et même un devin. Il utilise la volonté de Dieu. Il te dira ce qu'il faut faire à propos de tes problèmes. C'est ma façon de te remercier pour m'avoir si souvent aidé à me procurer des médicaments."

Une telle offre ne se refusait pas. Elle arrivait à point nommé. De plus, il n'y avait aucun mal à aller voir un homme d'Eglise. Personne ne pourrait lui en faire le reproche. Tout le monde savait qu'en haut lieu, on faisait appel aux pasteurs les plus célèbres. Et puis, de toute manière, qu'avait-il à perdre ? Voyager lui permettrait de se changer les idées. Depuis qu'il était à la maison sans rien faire, il tournait en rond. Officiellement, on ne lui avait toujours pas expliqué les raisons de sa mise à la retraite anticipée.

Plusieurs amis lui avaient conseillé de ne pas s'inquiéter. Sa situation ne pouvait qu'être passagère. De plus hautes fonctions l'attendaient. Le poste de ministre de la Santé allait de toute évidence lui revenir, vu sa stature et la qualité du travail qu'il avait effectué. L'Institut de stomatologie avait une très bonne réputation.

Cependant, ces bonnes paroles n'avaient pas réussi à apaiser son angoisse. L'attente était intolérable. Puisqu'on refusait de le tenir informé, il fallait bien qu'il y voie plus clair. Les gens lui posaient des questions sur son avenir auxquelles il ne savait pas quoi répondre.

Durant le voyage au Ghana, il avait pris des notes :

Mardi, ce 15 juin.

– En compagnie de Konan, de Mme Affoué et de Gustave. Arrivés à Accra à 19 heures. Partis d'Abidjan à 8 h 30 par temps de pluie fine. Durée prévue, 3 nuits du 15 au 18 juin.

– Quelques mauvais tronçons de route. Problèmes à la frontière avec mon visa. Nous avons dû faire le tour des agents avec chaque fois de l'argent à donner. Cinq barrages douaniers jusqu'à Accra.

– Nuit passée à Accra. Le lendemain matin, avons laissé la voiture chez le fils de Gustave et loué un taxi à 15 000 francs pour le reste du trajet à cause du mauvais état de la route en cette saison des pluies.

– Arrêt dans un campement où les conditions de vie semblent dater d'il y a vingt ans. Véritable pique-nique avec l'inconvénient de n'avoir pas tout prévu.

– Voyage sans incident. Ai changé de l'argent sur la route grâce à un commerçant nigérian.

Mercredi, ce 16 juin.

Questions à poser au pasteur :
1) Véritable raison de mon départ de l'Institut.
Réponse :

2) Mes antécédents professionnels. Raison de leur relative instabilité.
Réponse :

3) Mon avenir.
a – Serai-je de nouveau à un poste de responsabilité ? Si oui, au cours de quels mois à venir ?
b – Serai-je nommé ministre de la Santé ?
Réponse :

4) Santé.
a – Principal problème, le diabète. Pas encore critique mais serai-je en danger dans quelques années ?

b – Pour éviter les traitements médicaux lourds, quels remèdes traditionnels peut-il proposer ?
Réponse :

5) Divers.
Quels sacrifices va-t-il me demander de faire ? Seront-ils efficaces immédiatement ou plus tard ?

Jeudi, ce 17 juin (nuit).

Arrivée au campement sous la pluie. Consultation par le pasteur, Nanan.

Le pasteur dit qu'il a suivi notre périple et les obstacles que nous avons rencontrés sur la route. Lorsque le moteur de notre taxi a été noyé dans la grande mare, il était là, il a tout vu.

Réponses du pasteur à nos questions :
Pour Konan
– C'est son ex-femme qui veut sa mort. Elle ne lui a jamais pardonné leur séparation. Au prix de 100 000 francs, le pasteur a dévoilé les circonstances dans lesquelles s'est produite la maladie dont il souffre. Elle a été causée par pure méchanceté.
Pour moi
– Mon départ de l'Institut provient de la jalousie d'un docteur de l'ethnie gouro qui agit dans l'ombre, alors qu'il est absolument incapable de bien faire son propre travail.
– D'ici le mois prochain, je serai appelé et on m'offrira un poste plus important que celui que j'ai quitté.
– Lui ai donné 150 000 francs pour en savoir plus.
– Autres révélations : j'ai aussi des ennemis au village. Cependant, mes amis et sympathisants sont

plus nombreux. Il y a eu un mécontentement général lorsque j'ai été limogé. Il y a même eu des velléités de protestation de masse.

– Côté santé, mon diabète pour lequel j'ai fait des analyses est en voie de disparition. Mais il me donnera un remède pour l'enrayer complètement.

Lui avons tous les deux remis les cadeaux achetés à Accra :
4 complets-veston, style Anago ;
2 bouteilles de whisky ;
1 montre-bracelet ;
1 gros paquet de sucre, 10 boîtes de lait Bonnet rouge ;
Noix de cajou, arachides, biscuits.

Nuit au campement. Couchés sur des nattes à même le sol, les moustiques nous ont ennuyés jusqu'à l'aube. Il a plu très fort.

Vendredi, ce 18 juin.

Le matin, ablutions avec des décoctions de plantes et d'écorces. Le pasteur nous demande de passer un jour de plus dans son campement. Nous hésitons. Le taxi doit venir nous chercher pour repartir sur Accra en fin de matinée.
Dans l'après-midi, toujours pas de taxi.
Nanan pratique des incisions sur nos corps.
Le soir, toujours pas de taxi. Est-ce une coïncidence ?
Nous dormons mal.

Samedi, ce 19 juin.

Taxi enfin arrivé à 10 heures. Départ du campement. Halte à Esso à 16 h 45. Impossible de passer, *la rivière est de nouveau en crue à la suite des pluies incessantes. Fais la connaissance de Jeannette, une jeune femme en partance pour Abidjan, bloquée elle aussi avec son ami.*

Dimanche, ce 21 juin.

Espérons pouvoir passer aujourd'hui, vers 12 heures.

Lundi, ce 22 juin.

Retour à Abidjan dans la nuit après un bref passage à Accra pour reprendre la voiture et les autres passagers.

Le voyage s'était avéré exténuant, beaucoup plus long et plus cher que prévu. Néanmoins, la visite chez le pasteur lui avait redonné de l'espoir. Ce qui lui arrivait avait une explication. Il se sentait plus fort, mieux protégé contre le monde extérieur.

Hélas, le remaniement ministériel tant attendu n'apporta que déception. Il ne deviendrait jamais ministre. Le malheur continuait à s'acharner sur lui.

Finalement, son ancien chef de service lui présenta le marabout dont il avait vanté les mérites. Cet homme-là allait l'aider à résoudre ses problèmes financiers et à effacer l'affront public qu'il venait de subir.

XI

Dans l'obscurité de sa chambre, il entendait la voix de sa femme aussi clairement que si elle avait été toujours vivante.

"Qu'est-ce qui te prend ? Pourquoi te comportes-tu ainsi ? Ce marabout t'a complètement tourné la tête !

— Je t'en prie, Hélène, ne recommence pas, ce n'est pas le moment…

— Ce n'est jamais le moment avec toi. Comment veux-tu que je reste indifférente devant ton atti-tude ? Je suis ta femme, après tout. C'est à moi de te mettre en garde si personne n'intervient !

— Tu ne peux pas comprendre, il y a trop de choses qui t'échappent. Avec tes idées occidenta-les, tu te crois plus intelligente que les autres, mais en fait tu ne sais rien. Je commence à être fatigué de tes remontrances !

— S'il te plaît, ne me dis pas que c'est encore une histoire de tradition ! Tu es en train de gâcher ta vie. Tu n'es pas n'importe qui, tu sais. L'aurais-tu oublié ? Ce marabout te fait du mal. Tu devrais pouvoir t'en rendre compte par toi-même."

A présent, excédé, il cria dans la nuit :

"C'est toi qui m'empoisonnes ! Tu n'as rien à me proposer. Que fais-tu pour m'aider au lieu de me harceler ainsi ?

— Comment veux-tu que je t'aide ? Tu lui as déjà remis toutes tes économies et tu es prêt à lui donner plus. Faut-il que je me ruine également ? Tu as dépassé les limites !

— Si tu cherches à m'humilier en me parlant de la sorte, tu te trompes. Ne t'en fais pas, je saurai très bien me débrouiller tout seul. Laisse-moi tranquille, tu entends ?"

XII

Entre ses parents, ce ne fut pas le coup de foudre. Nina l'avait bien compris. Il lui avait suffi de se remémorer les bribes de conversations qu'elle avait eues avec eux au fil des années passées. Puis, en re-cousant minutieusement chaque souvenir, en mettant côte à côte les faits et les documents, elle avait comblé les vides et réussi à peindre leur his-toire :

Kouadio prenait son repas au restaurant univer-sitaire quand une étudiante s'était approchée de lui, son plateau à la main :

"Bonjour, est-ce que je peux m'asseoir à côté de toi ?"

Il la regarda, surpris. Les places libres ne man-quaient pas autour de lui. Flatté, il acquiesça.

"Je m'appelle Hélène. Et toi ? Ça fait plusieurs jours que je te vois assis à la même place."

Sa simplicité lui plut tout de suite. Elle avait un sourire doux. Ils sympathisèrent facilement. A en juger par son attitude, Hélène semblait vraiment s'intéresser à lui, posant mille questions sur l'Afrique. Et quand il répondait en choisissant bien ses mots, elle avait une lueur dans les yeux qui le troubla profondément. Elle lui dit qu'elle avait ren-contré des étudiants africains avant lui et qu'elle les trouvait très gentils. Elle lui demanda aussi s'il connaissait un certain Camerounais qui était en maîtrise d'histoire. Non.

Hélène lui proposa d'aller se promener dans le parc puisqu'ils avaient tous les deux terminé leurs cours de la journée. Les étudiants africains qu'ils croisèrent à la sortie du restaurant lui jetèrent des coups d'œil envieux. Il se sentit fier d'être en compagnie de cette jeune Parisienne.

Le reste était venu très naturellement, même si Kouadio avait dû rassembler beaucoup de courage pour faire le premier geste.

Non seulement sa chambre était minuscule, mais il la partageait avec Etienne, un étudiant du Bénin. Il ne pouvait donc recevoir Hélène que lorsque son compagnon était absent. Heureusement, ce ne fut jamais un problème véritable puisque celui-ci en faisait de même quand il avait une amie.

Cela faisait à peu près six mois qu'ils étaient ensemble lorsque Hélène découvrit qu'elle attendait un bébé.

Dès qu'elle le lui apprit, Kouadio chercha à la fuir.

Quand elle venait lui rendre visite, il demandait à Etienne de prétendre qu'il était sorti et qu'il serait de retour tard le soir.

Pendant plusieurs semaines, il partit habiter dans une autre cité universitaire, chez un ami. Il était terrorisé et ne pouvait plus étudier normalement. Cette situation était désastreuse. Comment, lui qui avait déjà du mal à vivre avec le peu d'argent dont il disposait, pourrait-il subvenir aux besoins d'une femme et d'un enfant ? Allait-on le renvoyer en Côte d'Ivoire ? le mettre en prison ?

Sa mère l'avait pourtant mis en garde avant son départ :

"Concentre-toi sur ton travail. Ne regarde pas les femmes blanches, cela t'amènera des ennuis. Reste toujours dans le droit chemin."

Et voilà qu'à peine en France et avant même d'avoir sérieusement entamé ses études, il risquait de se retrouver avec une famille sur les bras.

La période des examens approchant à grands pas, il fut forcé de retourner dans sa chambre universitaire. Il espérait qu'Hélène avait abandonné l'idée de le retrouver.

Mais un matin, vers 8 heures, alors qu'il était en train de réviser, on frappa à la porte. Quand il ouvrit, un couple âgé se tenait devant lui. Hélène était légèrement en retrait, tête baissée.

Aucune photo.
Pas de trace de leur mariage.
Rien.
Sauf un contrat signé chez un notaire parisien :

Il y aura séparation de biens entre les futurs époux, conformément aux dispositions des articles 1536 et suivants du Code civil.

En conséquence, chacun des deux époux conservera la propriété des biens meubles et immeubles qui lui appartiennent actuellement et de ceux qui pourront lui advenir pendant le mariage, par succession, donation, legs ou à tout autre titre personnel…

La dot à la future épouse par ses père et mère est dressée selon la liste ci-dessous :

1) Un trousseau comprenant six paires de grands draps en fil, un service de table blanc en fil, de douze couverts, deux services de table fantaisie de six couverts, deux douzaines de serviettes de

toilette, une douzaine de gants de toilette, une douzaine de torchons de cuisine, le tout estimé à cinquante mille francs.

2) Une douzaine de couverts (cuillères et fourchettes) et une douzaine de petites cuillères, le tout en métal argenté, estimé à douze mille francs.

3) Un service à découper, une douzaine de couteaux de table et une douzaine de couteaux à dessert, estimé à mille francs.

4) Un service de table de soixante-douze pièces en faïence décorée, estimé à neuf mille francs.

5) Un service de verres, demi-cristal, complet, estimé à trois mille francs.

6) Un service à porto de huit verres avec plateau, estimé à mille francs.

7) Deux fauteuils modernes estimés ensemble à trois mille francs.

8) Un grand divan et un petit divan avec literie complète, vingt-cinq mille francs.

9) Une bibliothèque estimée à deux mille francs.

10) Un fauteuil de bureau estimé à mille francs.

11) Une petite table de chambre, estimée à mille francs.

12) Une glace avec cadre doré et deux tableaux à la peinture à l'huile, estimés à quinze cents francs.

13) Une horloge murale, estimée à deux mille francs.

14) Les meubles anciens suivants : une armoire estimée à trois mille francs, une horloge estimée à trois mille francs, une commode estimée à cinq mille francs. Une table demi-lune, estimée à trois mille francs, six chaises de salle à manger, couvertes paille, et un fauteuil assorti, le tout estimé à cinq mille francs.

Total de la valeur des objets figurant dans cet apport : CENT TRENTE MILLE CINQ CENTS FRANCS.

A cela s'ajoute :

I – La jouissance gratuite pendant la durée du séjour de la future épouse à Paris, avec son mari, et au maximum pendant une durée de cinq années à compter de la célébration du mariage, d'un appartement comprenant une cuisine et trois pièces au minimum que les donateurs se proposent d'acquérir à Paris, dans le plus court délai, afin d'assurer le logement aux jeunes époux.

Cet avantage est évalué à deux cent mille francs.

II – Une rente mensuelle de vingt mille francs que les donateurs s'engagent à verser à la jeune épouse, d'avance, pour faire le premier paiement le jour de la célébration du mariage pendant la même durée que ci-dessus, c'est-à-dire pendant cinq années à compter de la célébration du mariage.

Cet avantage est évalué à un million deux cent mille francs.

Générosité ou extrême arrogance ?

Kouadio fit bonne figure.

Jeune étudiant africain sans le sou, il n'avait que son avenir à offrir.

D'autant plus qu'il s'était convaincu que le bonheur serait possible avec Hélène. Sereine et attentionnée comme jamais auparavant, elle prenait son rôle d'épouse et de future mère au sérieux. Il ne lui reprochait pas d'être mauvaise cuisinière. Il avait pris sur lui de s'occuper de la cuisine. Pendant le week-end, il préparait des plats en grandes quantités et les gardait au frigidaire jusqu'à la fin de la semaine. Riz à la sauce arachide, aux aubergines ou à la tomate épicée, revu à la façon française, puisqu'il n'était pas aisé de trouver les ingrédients de chez lui. Il achetait des tripes, des pieds de cochon dont il raffolait et surtout du poulet.

Hélène acceptait ce nouveau régime avec bonne volonté. Mais pour compenser, elle consommait énormément de fruits. Par chance, leur appartement était situé près d'un marché.

Dans la quiétude de leur vie de jeunes mariés, au cours d'une soirée ordinaire, elle lui avoua que, pendant leur séparation, elle avait tenté de se faire avorter. Mais sa mère l'avait retrouvée recroquevillée sur elle-même et saignant abondamment dans son lit. Le médecin de famille arriva à temps pour sauver le bébé.

Elle ne lui en avait jamais parlé avant car elle avait encore honte de son acte.

L'enfant naquit à l'Hôtel-Dieu, à quelques pas de la cathédrale Notre-Dame de Paris. Une jolie petite fille qui s'égosilla pour annoncer sa venue au monde.

Et pendant le reste de sa vie, elle ne cessa de hurler.

XIII

Tam-tam du cœur ; tambour du sang s'engouffrant dans les veines ; bruit assourdissant d'une respiration haletante.

Elle avait jailli de sa mère comme une rebelle.

En grandissant, elle aurait pu apprendre à pardonner. Après tout, la mère avait toujours regretté son acte. Et quand sa fille était née, elle l'avait aimée au premier regard. Faisant preuve d'une grande douceur, elle avait essayé année après année de l'aider à surmonter cette rage qui menaçait de la consumer.

Chaque jour, elle tendait les bras, espérant que sa fille comprendrait. Mais celle-ci n'était pas consciente de la peine qu'elle causait. Bien au contraire, sa colère devint un raz-de-marée.

La mère pensa qu'elle méritait cette punition. Elle ne sut pas se protéger.

Mais pourquoi furent-elles incapables de se parler, d'énoncer leurs peines réciproques ? Elles auraient dû rassembler leurs souffrances, les mettre dans un grand sac et les jeter par la fenêtre.

Peut-être que la fille aurait alors su que la vie n'était pas toujours comme on la souhaitait. Parce que nous sommes trop faibles. Parce que nous sommes trop jeunes ou trop vieux. Parce que nous sommes effrayés et lâches.

XIV

Nina alluma l'ordinateur et cliqua sur sa boîte électronique. Elle déplaça le curseur, mit à la poubelle plusieurs messages sans importance et lut ceux qui venaient de ses amis. Des condoléances. Après avoir répondu à chacun, elle ouvrit le courrier provenant d'une adresse inconnue.

Sujet : *Une bouteille à la mer*

Chère Mademoiselle,
Je me permets de vous adresser ce message en forme de bouteille à la mer. J'ai vécu en Côte d'Ivoire, à Abidjan où je dirigeais une école de musique et de danse, Arts en Mouvement, située au Plateau près du cercle de la RAN. J'ai très bien connu vos parents, surtout votre mère avec qui je m'entretenais souvent au sujet de ses œuvres musicales, de sa période expérimentale, période de compositions mixtes, mêlant rythmes africains et rythmes occidentaux. Nous conversions souvent et fort agréablement.
J'ai pu obtenir votre adresse électronique en surfant sur l'Internet. J'ai ainsi appris que vous faisiez de la photographie et que vous aviez déjà exposé votre travail. Félicitations.
Peut-être vos parents se souviendront-ils de moi ? J'aimerais beaucoup renouer le contact avec eux.
En espérant vous lire, recevez mes salutations les plus cordiales.

JULIEN ROCHE

Nina cliqua sur "Considéré comme non lu".

Comme elle aurait aimé dire à cet ami de ses parents qu'ils allaient tous les deux bien et qu'ils lui envoyaient leurs meilleures pensées ! Comme elle aurait aimé l'entendre encore parler de sa mère ! Dans l'esprit de Julien Roche, ses parents continuaient à vivre. Elle ne souhaitait pas briser cela.

Elle rangea l'ordinateur dans la chambre de son père et ferma la porte à clé.

Une journée chargée l'attendait.

Tout d'abord, le plus gros travail : finir de trier les papiers. Pour les vêtements ce n'était pas pressé.

Elle procédait méthodiquement mais lentement, car il lui fallait lire ou au moins parcourir la plupart des documents avant de les répartir en trois tas : "A garder", "A détruire" et "A donner". Le premier tas, la mémoire de son père, comportait des lettres, des écrits personnels et des documents administratifs importants. Le deuxième avait à voir avec toutes sortes d'informations obsolètes et le troisième était principalement constitué des nombreux travaux de recherche qu'il avait effectués et des revues médicales auxquelles il était abonné. Plusieurs boîtes en carton s'amoncelaient déjà dans un coin du bureau. Elle irait les porter à la faculté de médecine.

Nina avait toujours vu son père travailler. Il avait passé un nombre incalculable d'heures dans cette pièce, convaincu qu'il devait se surpasser.

La sonnerie du téléphone retentit. Elle essaya de l'ignorer en se disant qu'avec le monde qu'il y avait dans la maison, quelqu'un finirait bien par décrocher au salon. De toute façon, c'était rarement pour elle. Mais comme personne ne réagissait, elle prit le combiné.

"Allo !… qui est à l'appareil ?"

En jetant un coup d'œil par la fenêtre, elle vit qu'une réunion familiale battait son plein sous le grand arbre du jardin. La ligne n'était pas très bonne, mais la voix à l'autre bout du fil semblait vaguement familière.

"Pourrais-je parler à Nina, s'il vous plaît ?

— Oui, je vous écoute…, répondit-elle, intriguée.

— Bonjour, c'est Kangha… J'appelle juste pour te dire que je suis vraiment désolé à propos de ton père. Je l'ai appris dans le journal. J'espère que tu es bien entourée."

Son esprit se figea. Ses mains tremblaient légèrement. Elle se donna le temps de rassembler ses idées et répondit sur un ton neutre :

"Merci Kangha, ton appel me touche beaucoup." Puis elle ajouta comme une arrière-pensée. "Cela fait bien longtemps qu'on ne s'est vus. Comment vas-tu ?"

Elle regretta immédiatement d'avoir parlé ainsi. Leur séparation avait été très amère. Que lui voulait-il exactement ? Pourquoi réapparaissait-il maintenant ? Elle songea à arrêter la conversation. Pourtant, elle n'en fit rien, continuant plutôt à échanger des paroles qui lui semblaient incohérentes, mais anodines.

Après avoir raccroché, elle réalisa, stupéfaite, qu'elle venait de prendre rendez-vous avec lui pour le surlendemain. Comment avait-elle pu accepter son invitation ?

Au milieu de la pelouse, le trésorier se tenait devant les membres de la famille, son cahier de comptes à la main.

XV

Elle eut des difficultés à se remettre à la tâche.
Tant de papiers. Il y en avait partout.

Parfois, elle tombait sur de très vieux documents
dont les feuilles étaient abîmées par le temps. D'innombrables notes sur les activités de son père à
l'Institut, au village ou en voyage. Des pages entières couvertes d'une petite écriture serrée.

Au fond d'un des tiroirs du bureau, un tas de
lettres attira son attention. Ecrites par différentes
personnes et à des dates distinctes, certaines
avaient été ouvertes, lues puis remises dans leurs
enveloppes. Peut-être n'avaient-elles jamais reçu
de réponse ?

Nina en parcourut quelques-unes, au hasard :

Pour le doyen, Dr Kouadio Yao

Objet : *Demande de soutien moral et financier*

Cher Père,
La jeunesse communale du quartier Central II,
après son installation officielle, entend se faire re-
marquer positivement.
Ainsi, elle organise en cette fin d'année un cer-
tain nombre d'activités socioculturelles et sportives
pour occuper sainement les habitants dudit quar-
tier.

Aussi, en vue de parfaire l'organisation de ces activités dénommées "Journées en reconnaissance au doyen Dr Kouadio Yao", la jeunesse communale du quartier Central II sollicite une fois encore votre soutien moral et financier.

Convaincus de l'intérêt et surtout de l'amour que vous portez à la jeunesse du village, nous osons espérer que vous ne vous déroberez pas quant à la dénomination de nos activités qui vous sont dédiées et surtout quant à notre demande de soutien.

Dans le secret espoir de vous voir accéder à notre demande, nous vous prions de croire, très cher Père, en l'expression de notre profond respect.

Le bureau exécutif du quartier Central II,
Le président,
GERMAIN ABLAN.

M. et Mme Kassi Jean-Jacques
Agent des Eaux et Forêts

A Monsieur le Docteur Kouadio Yao

Objet : *Demande d'aide*

Monsieur,

Je viens respectueusement dans mes peines et dans mes soucis demander une aide et votre soutien afin que vous invitiez toute la population sous-préfectorale à s'impliquer dans les festivités du 28 au 30 septembre pour l'ordination sacerdotale de mon fils, Kassi Bertin.

1) Nous avons besoin de votre parrainage et de votre aide matérielle et financière pour acheter certains objets dont nous n'avons pas eu l'argent : soutane, chasuble, aube, calice, valise, etc., pour un total de cinq cent cinquante mille francs *(550 000 F).*

2) Dans le même temps, la petite sœur de l'abbé vient de faire une fausse couche de jumeaux (2 garçons). Ses examens et analyses s'élèvent à cent cinquante mille francs *(150 000 F).*

3) A cause de tous ces événements, mes difficultés se sont multipliées. Je suis sérieusement malade depuis deux ans et mes économies se sont envolées. Je dois acheter des médicaments de l'hypertension qui sont très chers. Il me faut donc au moins cent quatre-vingt mille francs *(180 000 F). Cela fait en* tout huit cent quatre-vingt mille francs *(880 000 F).*

4) Nous avons aussi besoin des bâches, des chaises et de la fanfare.

Nous avons besoin de faire parler votre cœur.

En espérant avoir bientôt une suite favorable, nous vous remercions et vous prions d'agréer, Monsieur, l'expression de nos sentiments respectueux et distingués.

KASSI JEAN-JACQUES

De la part de Mme F. Assamoi

Cher Kouadio Yao,
C'est avec grand plaisir que je vous écris cette lettre pour vous donner de mes nouvelles et recevoir les vôtres.

Je suis dans le besoin et, ne sachant que faire, j'ai trouvé opportun de vous tendre la main : afin que vous me veniez en aide.

En effet, voilà trois ans que mes membres inférieurs m'ont abandonnée. Je ne peux plus travailler, toutes mes petites économies sont épuisées à force de me soigner et aussi d'acheter de la nourriture. Alors, pour l'amour de Dieu, je vous demande de me venir en aide.

Sur ce, je vous quitte en espérant vous voir.

ASSAMOI FLORENCE

M. Kouamé Gustave
07 BP 1622 Abidjan 07

A Dr Kouadio Yao

Objet : *Salutations*

Mon docteur,

Je vous salue. J'ai l'honneur de solliciter de votre haute bienveillance de bien vouloir intervenir en ma faveur car j'ai obtenu un terrain à Angré Nord et il me faut l'autorisation de construire. J'ai déjà remis la somme de 80 000 francs aux agents mais mon dossier n'est toujours pas débloqué. A cause de cela, je ne peux pas bâtir mon magasin.

C'est pourquoi je suis venu vers vous à travers cette demande pour que vous fassiez pression sur les agents. C'est vrai que vous ne me connaissez pas ; mais je suis le neveu de M. Yéblin Joseph, originaire de votre village mais qui n'est plus en vie.

Je compte sur votre compréhension.

L'INTÉRESSÉ

C'est Ouédraogo, le gardien.

Cher Patron je vous en prie beaucoup.

Je vous demande une permission de deux semaines. Mon frère est décédé au Burkina. Donc je demande deux semaines de congé seulement.

Ayez pitié de moi et puis donnez-moi 20 000 francs à crédit. Vous allez couper ça en deux mois.

Merci, je vous souhaite encore une longue vie.

L'argent, l'argent… Il avait payé cher sa réussite.

En d'autres temps, elle aurait ri de ces lettres maladroites. Mais plus aujourd'hui. Elles contenaient quelque chose de réellement pathétique et son père avait trop souvent mis la main à la poche. Quand il se rendait au village, il préparait des liasses de billets de banque en plusieurs coupures et les distribuait tout au long de son séjour. Il avait été obligé de repousser les limites.

Elle jeta un coup d'œil sur sa montre, déchira une bonne quantité de lettres et mit de côté celles qu'elle avait décidé de conserver.

Elle repensa au coup de fil de Kangha.
Tellement inattendu.
Six ans, c'était bien cela. Ils ne s'étaient pas revus depuis six ans.

Nina passa la soirée assise entre ses tantes. Les gens défilaient pour présenter leurs condoléances. Chaque soir, depuis l'annonce officielle du décès, des chaises avaient été disposées sur la terrasse et dans le jardin. Le matin, on les entassait dans un coin.

Après s'être inclinés devant la photo du défunt, les visiteurs embrassaient Nina et ses tantes, prononçaient quelques mots de sympathie et allaient s'asseoir. Entre eux, ils parlaient en chuchotant. De temps en temps, une voix s'élevait au-dessus des autres. Un éclat de rire, parfois.

Bien enfoncée dans son lit, Nina passa brièvement la journée en revue. Elle s'était bien terminée, il y avait eu du monde à la veillée.
Son esprit se mit à vagabonder librement. Elle songea à une scène dont elle avait été témoin des années auparavant.

Un adolescent devait revoir la fille dont il avait été très proche à l'école primaire. A l'époque, ils étaient inséparables. Ils devaient avoir tous les deux quatre ou cinq ans, au plus. En attendant le rendez-vous, la mère du garçon expliquait à qui voulait l'entendre :

"On ne pense pas que l'amour peut arriver à cet âge-là mais, vous savez, c'est possible, je vous l'assure. Malheureusement, la petite fille a quitté le pays en très peu de temps à cause du divorce de ses parents. C'était tellement triste. Après son départ, mon fils n'arrêtait pas de parler d'elle. Et voilà qu'ils vont enfin se retrouver, n'est-ce pas formidable ?"

Nina avait vu l'adolescent ce jour-là. Son ancienne amie était assise à la même table, à côté de sa mère. C'était une fille plutôt ronde et ordinaire. Elle semblait mal à l'aise. Le garçon ne parlait pas. Le visage fermé, il regardait ailleurs. Il ne se souvenait peut-être plus de rien. A moins qu'il ne fût déçu. Et la fille, que ressentait-elle ? Sa gêne était-elle de l'ennui ou de l'humiliation ?

Personne ne pouvait dire ce que ces retrouvailles ratées auraient comme conséquence sur leur vie.

Nina repensa à Kangha. Six ans sans se voir, c'était long...

Une autre chose la perturbait : d'après la coutume, elle n'aurait jamais dû accepter son rendez-vous. La règle était claire, pas de distraction jusqu'à la fin des funérailles.

Elle se jura que ses tantes n'en sauraient rien.

XVI

Il était en retard. Comme d'habitude. Comme avant.

Et elle avait fait l'erreur de choisir une table juste en face de l'entrée pour le voir dès qu'il arriverait. Elle ne pouvait s'empêcher de jeter des coups d'œil anxieux chaque fois que quelqu'un passait la porte. Déjà, en temps normal, elle détestait attendre dans un lieu public. Vu les circonstances dans lesquelles elle se trouvait, c'était un véritable calvaire. Pourquoi lui imposer cela ?

Il n'avait vraiment pas changé.

Les mauvais souvenirs remontaient à la surface.

Pour avoir l'air occupée, elle sortit son agenda de son sac et se mit nerveusement à faire des gribouillis.

Il arriva soudain, là, devant elle, comme une apparition. Il était tout sourire. La colère de Nina tomba net.

Retrouvailles. Embrassades. Questions :

"Où étais-tu passé pendant tout ce temps ?

— J'étais en hibernation."

Elle ne put se retenir de hausser les épaules en lui jetant un regard de travers.

Mais elle n'insista pas.

De toute évidence, il n'avait vraiment pas changé. C'était bien le même esprit féroce qui savait se jouer d'elle.

Par contre, il avait vieilli. Son visage était plus dur et une ombre s'était infiltrée dans ses yeux. Quelque chose de triste.

Elle se demanda pourquoi il l'avait contactée et pourquoi elle était venue.

Plus que jamais, elle comprenait ce qui les avait séparés : les blessures qu'ils s'étaient infligées.

Ils avaient sans relâche exigé des preuves d'amour et dénoncé leurs trahisons réciproques. Jamais prêts à céder une parcelle de liberté, ils avaient joué avec leurs sentiments jusqu'à se perdre.

Mais l'attirance existait toujours.

Nina avait encore sur la langue le goût de son amour sucré, de son amour salé.

Elle aussi avait hiberné pendant toutes ces années.

Ils quittèrent le café et Kangha l'invita dans son appartement, quelques rues plus loin. En marchant à ses côtés, Nina éprouva un peu de légèreté. Leur rythme était nonchalant et leur conversation agréable. Ils riaient souvent. Elle eut l'impression de l'avoir enfin retrouvé.

Pourtant, chez lui, au moment où il s'approcha d'elle pour toucher son corps, Nina eut un mouvement de recul. Elle avait gardé enfoui le reproche de ses silences. Mais sa main était légère et douce, son énergie bouleversante. Effaçant les années d'absence, elle accepta de se plier à sa volonté et d'acquiescer à ses demandes. Bientôt, ce fut elle qui l'appela, redécouvrant les gestes du passé. Avec force, elle pressa sa poitrine contre son torse, respira son odeur. Ce n'était plus le souvenir qui dictait ses envies, mais un nouveau désir de prendre et de tout donner à la fois. A tel point qu'elle fut incapable de stopper l'hémorragie.

Après, blottie contre lui, elle voulut passer les doigts sur son corps, toucher encore un peu sa chaleur palpitante. Mais il retint sa main :
"Si tu es si triste de devoir repartir, pourquoi ne restes-tu pas ici pour de bon ?"
Sa question la contraria.
"Rester pour qui ? Pour toi ? Pour nous donner une autre chance ?"
Il ne répondit pas tout de suite :
"Non, pour toi-même."
Elle nota qu'il ne prenait aucun risque.
Il continua :
"Tu as besoin de changer, il faut maintenant revenir te fixer.
— Mais pourquoi prendrais-je une telle décision ? rétorqua-t-elle plus par boutade qu'autre chose. Cela n'a pas de sens, c'est le chaos ici.
— Regarde autour de toi. Que vois-tu ? Des gens qui se réveillent tôt le matin pour aller au travail, qui élèvent leurs enfants de leur mieux et qui ne refusent pas la vie quotidienne. Malgré tout ce qui les entoure. C'est grâce à eux que ce pays tient encore debout.
— Eh bien non, tu vois, je suis moins optimiste que toi ! La guerre peut reprendre n'importe quand. Il existe beaucoup d'autres pays plus accueillants. Pourquoi gâcher ma vie ici ?
— Je ne sais vraiment pas quoi te dire, Nina… C'est une question à laquelle tu es la seule à pouvoir répondre."

Elle tenta d'élucider sa pensée, mais elle ne trouva pas les mots qu'elle cherchait. De toute manière, il avait déjà fermé les yeux et ne l'écoutait plus.

Dehors, la pénombre tombait. Elle sauta hors du lit, prit une douche rapide et fila.

XVII

Le taxi s'arrêta devant le portail. Des voitures étaient garées des deux côtés de la rue. Très en retard pour les condoléances du soir, on devait déjà se demander où elle se trouvait.

Elle lissa ses vêtements, vérifia sa coiffure et s'efforça d'avoir l'air calme.

Entre ses cuisses, la moiteur.

Elle serra les mains des gens assis au premier rang et salua les autres de loin. Puis elle alla prendre place dans son siège resté vide. Comme tante Affoué la regardait d'un air interrogateur, elle lui murmura qu'après ses courses en ville, elle avait été prise dans un grand embouteillage.

Vers le milieu de la veillée, plusieurs de ses amis d'enfance se présentèrent chargés de cadeaux qui lui étaient personnellement destinés. Elle quitta alors sa place pour les rejoindre. Ils parlèrent de tout et de rien, des dernières nouvelles des uns et des autres. Ils étaient pleins de sollicitude :

"Qu'aimerais-tu manger, demain ? Je peux t'apporter un plat. Tu te nourris convenablement au moins ?"

"As-tu besoin de quelque chose ?"

"Veux-tu que je vienne te chercher pour sortir un peu ?"

Elle se demanda si elle serait encore là pour leur rendre la pareille quand le moment viendrait.

A la fin des visites, il était tard, mais Nina se mit à table car elle avait bien trop faim pour se coucher le ventre vide. On lui avait d'ailleurs laissé sa part. Elle ne prit même pas la peine de réchauffer les plats. La petite chienne fit son apparition. Dans le salon, des membres de la famille parlaient entre eux.

Avant qu'elle eût terminé, les tantes vinrent s'asseoir en face d'elle.

"Ma fille, nous avons une nouvelle à t'annoncer…"

Nina arrêta de manger. Le ton était grave. Tante Affoué la regardait avec insistance :

"La date de l'enterrement de ton père doit malheureusement être repoussée.

— Mais pourquoi ?! s'exclama-t-elle, interloquée.

— La cérémonie tombe exactement pendant la fête des Ignames. Aucun enterrement ne peut avoir lieu à cette période-là. C'est interdit."

Nina n'en croyait pas ses oreilles :

"Interdit, par qui ? Enfin, soyons sérieux, dans quel siècle vivons-nous ? Et, d'ailleurs, comment se fait-il que parmi tous les membres de la famille, ici et au village, personne ne se soit rendu compte qu'il y avait un problème avec les dates ? Tous ceux qui sont supposés connaître la tradition, pourquoi n'ont-ils rien dit avant ?"

Les deux femmes étaient visiblement blessées par la réaction de leur nièce :

"Ce sont des choses qui arrivent…, fit tante Aya, pour essayer de l'apaiser. La fête des ignames ne commence qu'après de longues consultations avec tous les chefs traditionnels de la région. On a une idée de la période à laquelle elle se tiendra, mais la date précise est toujours annoncée au dernier moment."

En réalisant que la décision avait déjà été prise à son insu, Nina tenta une autre approche :

"Nous avons déjà annoncé la date de l'enterrement dans les journaux et à la radio. On ne peut pas revenir là-dessus, maintenant. Ces longues funérailles ont déjà assez duré. Il est à la morgue depuis près d'un mois. Ce n'est pas normal !"

Profonds soupirs.

"Ma fille, tu as tout à fait raison. Nous te comprenons très bien. Nous aussi, cela nous touche beaucoup. Mais ce n'est pas de notre faute. Si on fait quand même l'enterrement, les notables ne vont pas accepter le corps. Le cortège ne dépassera pas l'entrée du village, je peux te l'assurer."

Nina sentit des larmes chaudes lui brûler les yeux. Elle baissa la tête et se couvrit le visage des deux mains. Incapable de prononcer un mot de plus, elle quitta la pièce.

On frappa plusieurs fois à sa porte.
Elle ne répondit pas et éteignit la lumière.

XVIII

Le lendemain matin, elle appela Frédéric. Par chance, il n'était pas encore parti au bureau.

"Tu as raison, c'est inacceptable, fit-il, préoccupé. Cela me choque et me fait de la peine pour toi… qu'est-ce que tu vas faire ?

— Je ne sais pas, j'en veux tellement à la famille. Attendre l'enterrement, je suppose…

— Ça veut dire que tu vas repousser ta date de retour ! De combien de jours ?"

Le ton était pressant. Elle sentit aussi de l'ennui dans sa voix.

"Pourquoi me poses-tu une telle question ? Penses-tu que ce soit vraiment approprié ?

— Excuse-moi… je ne voulais pas paraître brusque, mais parfois j'ai l'impression que tu ne rentreras jamais.

— Ne dis pas de bêtises, tu sais très bien pourquoi je suis ici. Qu'est-ce que tu ferais à ma place ?

— Je resterais le temps qu'il faut, bien entendu. C'est le plus important."

XIX

Nina ouvrit sa boîte électronique. Elle y trouva de nouveaux messages de condoléances, une invitation à un vernissage et une demande de collaboration à un ouvrage photographique sur le Paris noir. Après avoir manifesté son intérêt pour le projet et demandé à en savoir plus, elle parcourut les autres mails. Sa déception fut grande de n'avoir rien reçu de Gabrielle. Pourquoi tardait-elle à annoncer son arrivée ?

Après la nuit blanche qu'elle venait de passer, elle était de mauvaise humeur et n'avait envie de rien faire. Mais il était grand temps de s'occuper des comptes. L'argent filait à toute vitesse. Avec le report de l'enterrement, les dépenses allaient augmenter.

Elle se félicitait d'avoir réussi à payer les salaires du mois sans retard :

Pour le cuisinier : 70 000 francs – 10 000 francs d'avance = 60 000 francs.

Pour le gardien : 40 000 francs – 5 000 francs d'avance = 35 000 francs.

Pour le jardinier (3 jours par semaine) : 24 000 francs.

Pour le chauffeur : 85 000 francs.

Elle ne savait pas à quoi correspondaient les avances, mais puisque son père les avait consignées dans son cahier de comptes (qu'elle se mit à utiliser), elle exigea les remboursements. Par ailleurs, cela montrait qu'elle était déjà au courant de l'essentiel et qu'elle contrôlait la situation. Depuis le décès, sa grande peur, c'était que tout s'écroule, de perdre pied.

Aux salaires, il fallait ajouter les dernières factures d'eau : 45 000 francs, d'électricité : 90 000 francs, et de téléphone : 80 000 francs.

Il y avait aussi les frais de la voiture. L'essence était estimée à 45 000 francs par plein, à raison d'un plein par semaine = 160 000 francs + la vidange et deux nouveaux pneus en prévision du voyage au village = 275 000 francs. L'assurance était périmée = 150 000 francs pour la renouveler.

A cause du monde à la maison, il fallait acheter une deuxième bouteille de gaz. Donc, 12 500 francs x 2 = 25 000 francs.

Les impôts étaient une préoccupation majeure. Nina avait trouvé plusieurs avis d'échéance impayés. Combien de versements encore à régler ? Elle craignait le pire.

Mais deux maisons, une à Yopougon, louée à 200 000 francs, et une autre à Marcory à 180 000 francs, donnaient un revenu total de 380 000 francs. Quant à celle de Ferkessédougou, c'était une perte sèche. Depuis la guerre, aucune nouvelle. L'ancien locataire, un employé de la poste, avait fui le Nord pour se réfugier à Abidjan avec sa famille. Ils avaient juste eu le temps d'emporter quelques affaires personnelles. Quelqu'un d'autre devait probablement l'habiter illégalement maintenant. Quand la paix serait de retour, comment la récupérer ? Elle espérait que les papiers, et surtout le titre foncier, étaient en règle.

Les revenus des plantations venaient s'ajouter aux loyers, mais elle n'était pas encore en mesure de savoir à combien ils s'élevaient exactement.

Heureusement, en ce qui concernait les funérailles, les dépenses étaient presque entièrement
couvertes par les cotisations et les dons en espèces.
De plus, son père avait déjà acheté l'emplacement
de sa tombe. Il ne restait qu'à la préparer. Au village, il y aurait des contributions supplémentaires.
Les dons venant des notables et des personnalités
seraient annoncés publiquement et chacun rivali-
serait de générosité.

Nina était donc à moitié rassurée.

Mais ensuite, qu'allait-il se passer ? Quand les
cérémonies seraient terminées, à quoi ressemble-
rait l'avenir ?

La maison s'était considérablement dégradée.

Bricoler, rafistoler, se débrouiller, tout était ré-
cupérable. Mais les résultats n'étaient pas souvent
à la mesure des espérances. Toujours un peu ban-
cals, un peu mal goupillés. Pour finir, c'était le rè-
gne du compromis et de l'imparfait.

Et puis il y avait Koffi dont elle voulait s'occuper. Après la rencontre initiale, Hervé était retourné
le chercher afin de le présenter aux tantes. Tout
s'était bien déroulé. Elles l'avaient serré dans leurs
bras. Il faisait maintenant partie de la famille. La
dernière visite remontait d'ailleurs à quelques jours
à peine, quand Gisèle, sa mère, était venue le déposer en taxi. Elle n'était pas descendue du véhicule. Le gardien avait pris l'enfant par la main et
l'avait accompagné jusqu'au salon. Le garçon portait un short vert et une chemise blanche. Il sentait
le savon de lessive. Dès qu'il vit sa grande sœur, il
lui tendit un cadeau de la part de sa mère. Nina l'ouvrit. C'était un collier de perles en verre avec des
boucles d'oreilles assorties. Elle referma le paquet
et le fourra dans sa poche. Gisèle était divorcée et

avait deux autres enfants. Ils vivotaient. Koffi était un problème car il lui arrivait d'avoir des crises d'épilepsie si intenses qu'elles lui faisaient perdre conscience. Des analyses médicales s'imposaient. Régler le traitement qui allait certainement suivre était dans ses intentions. Elle aurait voulu prendre l'enfant, l'installer à la maison et payer tous ses frais scolaires. Ce gamin lui plaisait. Il lui parlait sans aucune gêne et avait une façon très spéciale de l'appeler "grande sœur" avec une petite note d'effronterie. Cependant, elle n'avait aucun droit sur lui et ne se sentait pas capable de s'occuper de lui.

Tant de décisions à prendre. Où était donc Gabrielle ?

Depuis qu'elle lui avait annoncé la mort de leur père, elle n'avait reçu qu'un bref coup de fil de sa part – quelques jours plus tard – l'informant qu'elle avait dû entreprendre un voyage imprévu et qu'elle ferait de son mieux pour être à Abidjan dans les temps.

Comme par intuition, Nina avait insisté pour qu'elle soit plus précise :

"Veux-tu dire que tu n'as pas encore arrêté la date de ton arrivée ?

— Non, ce n'est pas ça mais, tu sais, cela dépend d'un certain nombre de choses… si je ne suis pas là pour le début des cérémonies, je viendrai plus tard.

— Plus tard !? Mais ce n'est pas possible, tout le monde t'attend ici ! Ce serait vraiment terrible !

— Ecoute, ne hurle pas comme ça, je fais comme je peux. D'une certaine manière, il est parti maintenant. Il n'a plus besoin de nous."

Nina se mordit les lèvres.

"Tu n'as pas besoin de me le rappeler, je le sais aussi bien que toi. Mais as-tu pensé aux autres, à nous, à la famille ? Il s'agit de ton père et tu sais ce que cela signifie ici. La mort est une chose très importante.

— Ça, c'est leur problème, pas le mien ! Bon, je dois raccrocher. Je t'appellerai ou je t'enverrai un e-mail pour te prévenir. Transmets mon bonjour aux parents."

Lorsque, plus tard, les tantes lui avaient demandé si Gabrielle avait donné de ses nouvelles, elle avait répondu laconiquement que son jour d'arrivée serait bientôt connu.

Nina reprit ses calculs sans pouvoir avancer bien loin. En fait, elle était perturbée par la tournure des événements. Les chiffres se moquaient d'elle, ne signifiaient rien. Il lui manquait trop d'éléments pour y voir clair. Elle ne parviendrait à faire le point qu'après les funérailles, c'était évident.

Elle songea à Gabrielle. En vérité, elle l'enviait d'être aussi déterminée, aussi sûre de ses convictions. Si seulement elle avait pu imposer les siennes aussi froidement que sa sœur, elle n'en serait pas là aujourd'hui. Ne plus savoir vers où avancer.

Si elle avait eu un mari à ses côtés, sa situation aurait sans doute été meilleure. La nuit venue, ils se seraient retrouvés dans l'intimité de leur chambre et ils auraient fait le point, pesé le pour et le contre ou étudié les questions sous plusieurs angles. Le lendemain, elle serait apparue moins seule, moins vulnérable aux yeux des autres.

Elle regrettait l'absence de Frédéric, mais ils avaient jugé préférable qu'il reste à Paris. Les billets d'avion trop chers et les troubles dans le pays les avaient incités à la prudence. En cas de problèmes, il courait le risque de se retrouver bloqué si l'aéroport était fermé.

C'était d'ailleurs à peu près les mêmes arguments que les membres de la famille du côté de la mère de Nina avaient donnés pour expliquer pourquoi personne ne se rendrait aux funérailles.

Mais que savaient-ils sur la vie qu'Hélène avait menée là-bas, dans ce pays qui, malgré le flot d'informations traversant la planète, restait un endroit étrange, distant ? Elle leur avait bien parlé de ses activités, de sa musique, de ses concerts et ils aimaient les compositions qu'elle leur avait fait écouter. Cependant, que leur avait-elle révélé de ses peines ? Comment aurait-elle pu trouver les mots justes, les images pour expliquer ce qui lui était arrivé ? Ne pas prêter le flanc. Dire sans baisser la tête.

Se réinsérer ? Bien sûr, sa mère y avait pensé. Mais elle se sentait aussi étrangère qu'une Africaine débarquant dans les rues de Paris. Et puis elle aimait l'aisance avec laquelle les jours se déroulaient dans le pays qu'elle avait fait sien. Elle préférait cette vie bien plus qu'une autre. L'impression de ne plus être utile la dissuadait. Demain ne lui appartenait plus dans cette ville. La vie s'organisait sans elle. Elle se sentait maintenant en France par effraction. Alors, au bout du compte, elle s'en était tenue à son choix.

Et c'était ce choix que ses parents n'avaient peut-être pas compris, cet entêtement. Ils avaient souvent pensé qu'elle s'était trompée.

Nina se surprit à regretter de n'être pas encore mariée à Frédéric. Ils en avaient parlé une ou deux fois sans jamais prendre de décision. Avoir des enfants et fonder une famille, ici ou là-bas, cela n'avait peut-être pas tant d'importance. C'était en elle que se trouvait la cassure, l'impossibilité de vivre où que ce soit.

Et que venait faire Kangha dans cette histoire ? Qu'il l'ait contactée, c'était une chose. Qu'elle passe l'après-midi avec lui, c'en était une autre. Impardonnable. Elle avait brisé son deuil et réduit en lambeaux la confiance de Frédéric.

En fait, elle n'était qu'une menteuse et une tricheuse qui n'avait aucune leçon à donner à qui que ce soit. Si elle savait écouter, c'était pour mieux dérober les secrets des autres. Si elle savait parler, c'était pour mieux dissimuler ses propres pensées.

Son père était parti sans la mettre dans la bonne direction.

Il aurait pu lui dire : "Tu vois ce chemin, emprunte-le et, quand tu arriveras à un carrefour, tourne de ce côté-là plutôt que de l'autre. Maintiens ton rythme, tu ne seras plus très loin."

Avait-elle trop espéré ?

Après tout, c'était peut-être lui qui avait attendu en vain un geste de sa part.

LIVRE DEUX

Cela m'aurait comblée d'être la somme
de tous tes amours.

I

Ils se rendirent à la morgue pour changer la date de la levée du corps et en profitèrent pour passer une commande supplémentaire de couronnes en plastique. Elles se vendaient très vite, ce qui entraînait des ruptures de stock. Il fallait donc être prévoyant.

Plusieurs tailles étaient disponibles. Les prix oscillaient entre 53 000 francs et 150 000 francs. La liste de tous ceux qui en auraient besoin fut dressée. Sa sœur étant absente, Nina porta son choix sur un arrangement de fleurs bleues, roses et blanches. Elle inscrivit leurs deux noms dans le cahier de commandes ainsi que la phrase à imprimer sur la bande (en lettres capitales pour éviter les problèmes de lisibilité) : "À NOTRE PÈRE BIEN-AIMÉ".

Quand elle eut terminé, il lui vint soudain à l'esprit qu'elle n'avait rien prévu de la part de Koffi. Mais elle chassa très vite cette idée.

Des arrhes furent versées. En revanche, ils ne purent garder la Cadillac qu'ils avaient retenue. Elle était prise pour un autre enterrement. Le véhicule proposé était moins prestigieux, mais meilleur marché. Le grand-oncle fit remarquer que, lorsque le corbillard serait décoré de fleurs et de rubans, on ne verrait pas la différence.

De là, ils partirent chez le marbrier afin de choisir le marbre de la tombe. Très rapidement, ils se mirent d'accord sur du rose. Concernant la photo à fixer sur la pierre tombale, vu les énormes différences de prix, ils optèrent également pour une qualité locale.

Dans la voiture, sur le chemin du retour, le grand-oncle se réjouit du fait que tout se soit si bien passé jusqu'à présent. La situation politique était relativement calme.

"Pourvu qu'une grève ou qu'une manifestation ne vienne pas tout gâcher ! ajouta-t-il tout de même comme pour chasser le mauvais sort.

— Oui, par les temps qui courent, on ne sait jamais à quoi s'en tenir, renchérit tante Affoué, avec amertume.

— Voilà pourquoi j'ai préféré faire partir l'un de mes fils à Londres. On lui a trouvé une école de commerce. Sa sœur est en poste là-bas.

— Toi au moins, tu as de la chance ! Moi, je voulais que Carole parte en France, mais elle n'a pas réussi à obtenir un visa. Elle est maintenant au Togo.

— Ce n'est pas mal non plus. Elle a l'avantage de ne pas être trop loin de vous et, dès que la crise sera terminée, vous pourrez facilement la ramener.

— Oh, tu sais, les jeunes d'aujourd'hui, ils ont d'autres ambitions. Elle dit qu'elle n'est pas très contente à Lomé." Puis, se tournant vers Nina, elle poursuivit : "Dis-moi, après les funérailles, il faudra aider ta cousine à venir en France. Si tu te portes garante, je suis sûre que ça marchera…"

Nina s'imaginait déjà à Paris, sa cousine sur les bras. Sa tante se faisait des illusions si elle comptait sur elle.

"OK, je vais y réfléchir…, répondit-elle en regardant défiler les buildings.

— Mon jeune fils est exactement pareil ! s'exclama le grand-oncle. Mais, lui, je le garde à Abidjan. Je lui dis tous les jours qu'il faut qu'il soit patient. Les choses vont s'améliorer, la paix va revenir. Leur génération est trop pressée."

Chaleur de plus en plus accablante. Serrés dans la voiture, ils transpiraient tous à grosses gouttes, malgré les vitres baissées. Assise entre ses deux tantes, Nina avait la peau qui collait à leurs avant-bras. Elle avait hâte de sortir de cet embouteillage qui s'étirait sur le boulevard, les forçant maintenant à rouler au pas.

Dès qu'ils furent rentrés à la maison, Nina prit une bonne douche froide et s'allongea sur son lit après avoir allumé le climatiseur. Elle entendait le téléphone sonner dans le salon.

Les jours passaient et lui semblaient plus longs à présent que la date de l'enterrement avait été re-poussée. D'une manière générale, les activités avaient ralenti. Le soir, le nombre de personnes venant présenter leurs condoléances s'était res-treint. Certains proches de la famille n'assistaient plus aux réunions.

La petite chienne se promenait plus librement. Mais elle continuait à suivre Nina partout, parfois jusque dans les toilettes. On aurait dit qu'elle cher-chait du réconfort.

"Qu'as-tu vu et entendu pendant mon absence?" lui chuchotait Nina en caressant son pelage doux.

On frappa à la porte.
Ne pas répondre, rester allongée.
Mais les coups étaient insistants.
Elle ouvrit.
Une jeune fille et un adolescent dont les visages ne lui étaient pas inconnus se tenaient devant elle.

"Oui, qu'est-ce qu'il y a ?"

La fille demanda poliment :

"Est-ce que tu es libre maintenant ? Nous aimerions te parler."

Nina n'était pas certaine de vouloir leur consacrer du temps.

"C'est important ?

— Assez."

Elle hésita. Cependant, son intuition la guida : ce serait une erreur de leur demander de revenir plus tard.

"D'accord… allons dans le bureau."

Ils prirent place tous les trois.

"Je vous écoute", déclara Nina d'une manière exagérément solennelle tout en essayant de deviner de quoi il pouvait bien s'agir. Un problème d'argent ?

"Moi, c'est Cécile", fit la jeune fille. Puis, se tournant vers le garçon qui semblait plus occupé à regarder autour de lui, l'air intimidé, elle dit tout haut : "Lui, c'est Roland… voilà, nous sommes venus t'informer que je suis ta sœur et qu'il est ton frère."

Nina les dévisagea.

Garder son calme.

Surtout faire attention à ce qui va suivre.

Elle inspira profondément :

"Vous vous moquez de moi, n'est-ce pas ?

— Non, c'est la vérité. Tu peux demander à tes tantes si tu veux. Elles nous connaissent. Tout le monde sait que le docteur était notre père."

Son sang se glaça.

"Et comment se fait-il que je ne sois pas au courant ?"

Cécile était manifestement embarrassée :

"C'est parce que personne n'a voulu te le dire. Si tu étais à la maison quand on venait rendre visite à papa, il ne voulait pas que nous nous approchions

120

de toi. Il nous avait prévenus qu'il serait très fâché si on essayait de te parler ou de parler à ta grande sœur."

Nina essaya de rassembler ses idées.

Pour le moment, il n'y avait rien à faire.

"Très bien, reprit-elle fermement. J'ai noté ce que vous venez de m'annoncer. Si ce que vous dites est vrai, on verra… Au fait, quels sont vos âges ?"

Cette fois-ci, la jeune fille répondit avec un peu plus d'assurance, probablement soulagée que sa révélation n'ait provoqué aucun éclat de voix :

"Moi, dix-huit ans et Roland, quinze."

Nina ne trouva pas nécessaire de poser d'autres questions. Elle en avait assez entendu.

"C'est bon, on reparlera de tout cela après les funérailles. En attendant, pouvez-vous aller me faire des photocopies de vos certificats de naissance ?"

Au moment de franchir la porte, le garçon, qui n'avait pas prononcé un mot jusqu'à présent, se retourna brusquement :

"Ne dis pas aux tantes que c'est nous qui t'avons informée. Sinon, nous allons avoir beaucoup de problèmes."

De toute manière, Nina était tellement abasourdie par la nouvelle qu'elle n'aurait pas pu la partager avec qui que ce soit. Une chape de plomb scellait son cerveau.

Elle continua ses rangements selon son habitude mais ses gestes étaient devenus automatiques. Elle prit des distances par rapport au reste de la maisonnée et mangea son repas du soir comme si de rien n'était.

Le lendemain, au petit-déjeuner, elle prit le temps de lire le journal du début jusqu'à la fin. Puis elle passa quelques coups de fil avant de demander à parler à ses tantes.

"Cécile et Roland sont venus me voir, hier après-midi. Il paraît qu'elle est ma sœur et qu'il est mon frère, vous êtes au courant ?"

Tante Affoué étouffa un cri.

"C'est eux qui t'ont dit ça ?!"

Nina fit un geste du revers de la main :

"Cela n'a pas d'importance. Est-ce qu'ils ont dit vrai ?"

Les deux femmes se regardèrent. Tante Affoué prit les devants :

"Je ne sais pas comment te dire cela, ma fille, mais c'est la vérité, en effet."

Un mauvais rire s'échappa de la bouche de Nina :

"Donc, vous saviez et vous me l'avez caché ! Bravo, vous avez très bien réussi votre coup !

— Ils n'auraient jamais dû t'aborder de cette manière, intervint tante Aya, scandalisée. Ce n'était pas le moment de t'importuner. Nous te l'aurions dit nous-mêmes lorsque l'occasion se serait présentée.

— Ah oui, vraiment ? Ce qui m'offusque, c'est de savoir que cette situation durait depuis des années et que vous avez choisi de vous taire !

— Il faut te mettre à notre place. C'était à ton père de régler ses propres problèmes. Tu nous voyais passant derrière son dos pour tout avouer à ta mère ? Il ne nous l'aurait jamais pardonné."

Soudain, Nina comprit.

Elle avait été tenue à l'écart, coupée de ce qui se passait dans son entourage. C'était facile, son père ne lui avait pas appris à parler sa langue. Délibérément ?

"Un mur dressé autour de nous, une porte barricadée, des fenêtres clouées et, à l'intérieur, l'exclusion", songea-t-elle avec amertume, s'en voulant de n'avoir pas réagi à temps, de n'avoir pas lutté contre cette aliénation qui avait progressivement rongé son esprit.

Et aujourd'hui, comble de tout, les tantes n'avaient pas hésité à laisser Cécile et Roland la côtoyer comme si de rien n'était. Ils avaient traversé son champ de vision sans qu'elle les eût remarqués.

Tout le monde savait. Sauf elle.

Nina revint à la charge :

"Ce que vous me dites là, ce ne sont que de vaines excuses. Il était votre frère et vous n'avez pas réussi à le ramener à la raison. Pourtant, vous saviez très bien que cela entraînerait de graves conséquences. Que va-t-il se passer à présent ? Vous ne pouvez pas déposer cette responsabilité à mes pieds ! C'est la famille entière qui va devoir trouver une solution adéquate. Ce n'est pas mon affaire à moi toute seule."

Les tantes avaient l'air dépitées.

"Entendu, nous allons convoquer une réunion familiale. Mais après les funérailles. Pour le moment, agis selon ton cœur…

— Est-ce qu'ils t'ont demandé de l'argent ? coupa tante Aya.

— Non, ils n'ont pas abordé le sujet.

— Très bien, dit-elle, rassurée. Mais fais attention, surtout pendant l'enterrement. Tu devras être vigilante. S'ils s'approchent du cercueil et s'ils le touchent à l'instant où on le met en terre, cela voudra dire qu'ils comptent te créer des ennuis. Il faudra être sur tes gardes. Evite qu'ils ne soient à tes côtés."

Nina était plutôt perturbée par une autre éventualité :

"Bon, maintenant, dites-moi la vérité. Y a-t-il encore d'autres enfants ?"

Tante Aya allait répondre, mais sa sœur lui intima de se taire :

"Il paraît qu'il y a un jeune homme d'une trentaine d'années qui s'appelle Amon. Il vit à Montréal, est marié et a une petite fille. Mais, moi, je ne le connais pas. On n'entend jamais parler de lui. Cela fait longtemps qu'il est installé au Canada. Je crois qu'il travaille dans l'informatique. Je ne sais même pas s'il est courant du décès."

Nina avait l'impression d'être en pleine comédie burlesque. Au point où elle en était, plus rien ne pouvait la toucher :

"Vous êtes absolument certaines que c'est tout ? Vous comprendrez, j'ai du mal à vous croire, maintenant…

— De notre côté, c'est tout ce que nous savons, lui garantirent-elles.

— Dans ce cas-là, il faut tout de suite prévenir Amon. Quelqu'un dans la famille doit bien savoir comment le contacter."

II

Ainsi, le père les avait plantés au beau milieu de la tourmente.

Son mensonge, énorme, démesuré.

Tel un arbre dont les racines tentaculaires et destructrices tuent tout ce qui vit autour, il avait asséché le cœur de Nina et sapé les fondations de la famille.

Il avait dû penser que ses actions resteraient à jamais scellées.

Ou s'était-il simplement dit qu'après sa mort, ce serait aux vivants de régler les problèmes ?

III

Un week-end sur deux, Dr Kouadio amenait sa famille au village.

Dès que Nina et sa sœur sortaient se promener, une horde d'enfants courait derrière elles en chantant : *"Bôfouè, bôfouè !"* Même sans parler la langue de la région, elles savaient que les gamins les traitaient de "Blanches". Du coup, elles évitaient de s'aventurer seules. Par la suite, elles apprirent que ce terme s'adressait également à tous ceux qui s'habillaient à l'européenne ou parlaient avec un accent étranger. Maigre consolation, le mal était déjà fait.

Abidjan.
Dispute avec une amie :
"D'ailleurs, toi, tu n'es pas une vraie Africaine !"

Nina pensa :
Etre métisse, est-ce avoir la mauvaise ou la bonne couleur de peau ? Marcher sur une corde raide. Falsification d'identité. Le miroir se brise. Trouble-fête ?
"Votre arbre généalogique, s'il vous plaît !"

Elle murmura :
"Toute ma vie, j'ai louvoyé, négocié, feinté. J'ai caressé dans le sens du poil, courtisé l'acceptation,

126

attendu la reconnaissance, espéré l'invitation. Toute ma vie, j'ai tenté de faire preuve de bonne volonté, multiplié les efforts pour être entendue. J'ai reformulé mes envies, redirigé mon tir, mis plusieurs cordes à mon arc. Je me suis décarcassée, pliée en quatre, ai mis du miel dans ma bouche, tourné sept fois mes phrases. Finalement, j'ai dansé autour du pot.

Un mensonge à deux, à trois, à plusieurs.

Etre multiple, être une. Des deux côtés, à double tour.

Aller-retour et marche arrière. La ligne droite n'existe pas.

Que me voulez-vous ? Que dois-je faire pour vous convaincre ?

Je suis fatiguée des hauts et des bas qui durent trop longtemps.

Et pourtant, je vois que vous êtes pareils, que les limites sont devenues floues. Je vois bien que mes incertitudes sont aussi les vôtres.

Quand je vous regarde, nous nous reconnaissons."

IV

Un chant puissant s'infiltra dans la chambre.

Elle regarda par la fenêtre.

Des militaires passaient en rangs serrés devant la maison. Visages grimaçant sous l'effort, t-shirts mouillés de sueur, les jeunes recrues couraient en poussant des cris stridents, semblables à ceux des chasseurs de la forêt. Leurs chefs vêtus de treillis, bérets sur crânes rasés, tapaient des mains pour les inciter à aller plus vite. Un commandement – une réponse en chœur – un commandement – une réponse en chœur. Voix saccadées, entrecoupées de sifflements.

Soudain, des claquements. Quelques recrues s'étaient arrêtées pour faire des pompes. Une longue tige à la main, un chef leur fouettait le dos. Aucun cri ne sortait de leurs bouches.

Nina observait le spectacle derrière les rideaux. Elle avait entendu dire qu'un jour, un passant imprudent, témoin d'une scène semblable, avait été pris en chasse et battu à son tour.

Après avoir reçu leur correction, les jeunes se relevaient prestement et couraient rejoindre le reste de leurs compagnons qui se dirigeaient vers le camp militaire. Leur chant s'évanouissait dans le lointain.

"Décidément, mon père n'a jamais eu de chance avec ses maisons, pensa Nina. D'abord la première, bâtie dans un quartier resté populaire, et puis celle-ci, à deux pas du camp militaire."

Sous la douche, elle retrouva le plaisir de l'eau fraîche ricochant sur sa peau. Elle était totalement réveillée à présent et prête à affronter la journée.

La petite chienne était devant sa porte.

"Dans son cerveau, c'est toujours hier", pensa Nina en lui donnant sa petite caresse du matin.

Pendant qu'elle prenait son petit-déjeuner, Nina reçut un appel de Kangha. Il l'invitait dans leur café habituel en fin de matinée. Ils y prendraient un verre avant d'aller chez lui.

Elle but son café à la hâte et avala un morceau de pain. Il ne lui restait pas beaucoup de temps. Elle avait oublié la promesse faite à ses tantes, la semaine passée : aller chercher à la mairie les papiers nécessaires au transfert du corps par la route. Ce n'était pas grand-chose, mais cela lui donnait l'impression d'être utile. Bien entendu, elle n'avait pas prévu le rendez-vous avec Kangha.

Comme toujours, son cousin l'accompagnait. Nina remit le certificat de décès ainsi que l'attestation de non-contagion à l'employé. Il releva les informations dans un grand cahier. Il s'appliquait en formant ses lettres. Ensuite, il lui tendit un formulaire qu'elle remplit en bonne et due forme. Pour finir, il rassembla tous les papiers et sortit du bureau pour aller faire tamponner l'autorisation par son supérieur. Nina regarda sa montre.

La sentant nerveuse, Hervé attira son attention sur un écriteau accroché à côté du climatiseur dont la soufflerie était glaciale.

AVEC L'ARGENT, VOUS POUVEZ ACHETER :

– Un lit, *mais pas le sommeil*
– De la nourriture, *mais pas l'appétit*
– Des bijoux, *mais pas la beauté*
– Des calmants, *mais pas la paix*
– Des remèdes, *mais pas la santé*
– Des livres, *mais pas l'intelligence*
– Le plaisir, *mais pas la joie*
– Le confort, *mais pas le bonheur*
– Un défenseur, *mais pas un sauveur*
– Des relations, *mais pas un vrai ami*
– Une assurance vie, *mais pas sur la mort*
– Une place au cimetière, *mais pas dans le ciel.*

Ce que vous ne pouvez pas acheter : *Bonheur –
Paix – Sauveur – Vie éternelle*, etc.,
Vous pouvez le recevoir gratuitement par : *Jésus-
Christ*, Isaïe, LV, 12.

Le visage de Nina s'éclaira d'un grand sourire,
l'existence lui paraissant tout à coup plus légère. Cependant, les aiguilles de sa montre tournaient inexo-
rablement, et leur homme n'était pas encore de retour.

"Cela commence à m'inquiéter, fit Hervé. Il y a
un bon moment qu'il est parti. J'espère que ce n'est
pas pour mieux nous soutirer de l'argent.

— Ah, tu penses que c'est ça le problème ?

— Ecoute, vu le temps qu'il met pour obtenir
un simple tampon, il va sûrement nous dire que
c'était compliqué. Et cela risque de nous coûter
cher. D'un autre côté, puisqu'il semble être un fer-
vent croyant, nous n'aurons peut-être pas à lui
payer des «frais de recherche».

— Qu'est-ce que c'est que cette histoire ?"
Hervé hocha la tête.

"C'est ce qu'on dit dans les bureaux maintenant.
Avant, on demandait s'il fallait donner quelque

chose. De nos jours, on sait qu'on va obligatoirement mettre la main à la poche. D'ailleurs, chaque
service a son tarif. Finies les devinettes."

L'homme revint, tenant fièrement les papiers à
la main.

"C'est bon, le patron a signé ! J'ai dû attendre
parce qu'il était en réunion…"

C'était leur jour de chance, les "frais de recherche"
furent d'un montant très raisonnable.

En quittant le bureau, Nina regarda de nouveau
sa montre. Elle était dans les temps.

"Peux-tu me déposer au Plateau ? demanda t-elle
à Hervé. J'ai une course à faire.

— Pas de problème. Si tu n'en as pas pour longtemps, je t'attendrai.

— Non merci, ce n'est pas la peine, je prendrai
un taxi pour rentrer."

V

Assise en face de Kangha, Nina trouvait qu'il était encore plus beau qu'avant.

Elle décida de se confier à lui :

"Je commence à avoir de sérieux problèmes à la maison", lui avoua-t-elle dès qu'ils furent servis.

Il n'avait pas l'air surpris.

"Tu sais, les funérailles, c'est toujours pareil. Il y a des histoires à n'en plus finir. Mais il ne faut pas tomber dans le piège. Qu'est-ce qui ne va pas exactement ?"

Nina hésita, embarrassée par ce qu'elle avait à lui révéler. Néanmoins, elle se jeta à l'eau :

"Je viens d'apprendre que j'ai quatre frères et sœur dont j'ignorais totalement l'existence !"

Kangha éclata de rire.

Des clients se retournèrent.

"Tu trouves cela drôle, toi ? lui demanda-t-elle, piquée au vif. Il n'y a pourtant rien d'amusant."

Il avait un air moqueur quand il reprit :

"Mais si, c'est même comique ! Ton père, le grand Dr Kouadio Yao ! Vraiment, c'est trop fort, nos vieux ne cesseront donc jamais de nous étonner.

— C'est quand même plus sérieux que ça ! Tu ne trouves pas cela scandaleux ?

— Scandaleux, oui, je suis d'accord avec toi, répondit-il, les sourcils froncés à présent. Malheureusement, ils sont assez nombreux à agir de la sorte. Ton père n'était pas une exception. Et on se demande pourquoi le pays est à plat ! Ils ont vécu selon leurs propres règles et inventé des clauses sur mesure.

— Essaies-tu de lui trouver des excuses ?…

— Non, pas du tout. Ceci dit, est-ce qu'il mal-traitait ta mère ?

— Pas que je sache…

— Et est-ce qu'il a été un bon père pour ta sœur et toi ?

— Si on peut appeler ça être un bon père, oui, je suppose…

— Alors, de quoi te plains-tu ?

— Mais enfin, tu déraisonnes ou quoi !? Ta dé-sinvolture me choque. Tu ne vois donc pas la gra-vité de la situation ?

— Je suis en train de t'expliquer que ton père faisait tout simplement partie d'une autre généra-tion. Ils agissaient ainsi parce que leurs propres pères étaient polygames. Un genre d'anachronisme, quoi."

Elle commençait à perdre patience :

"C'était un intellectuel, il avait voyagé un peu partout dans le monde. Il aurait pu s'adapter à son époque. On attendait beaucoup plus de lui.

— Un intellectuel ? Qu'est-ce que ça veut dire, un intellectuel ? Ce n'est pas parce qu'on a des diplômes qu'on est meilleur ou qu'on sait bien gérer sa vie.

— Alors là, je trouve vraiment que tu exagères ! Il y a quand même une différence, une responsa-bilité morale quand on a eu accès à l'éducation."

Kangha se pencha en arrière et mit les deux mains derrière la nuque.

"Arrête de te torturer, Nina, tu trouveras bien une solution. Je te fais confiance. Si tes nouveaux frères et sœur sont des gens raisonnables, vous allez vous en sortir."

Elle lui jeta un regard noir :

"A t'écouter, tout a l'air si simple. Pourtant, ce n'est pas une situation enviable, je peux te l'assurer.

— Sans aucun doute. Seulement, en dernière instance, tout est une question de compromis. Quand il y a une crise, il faut savoir en sortir. C'est comme en politique."

"Ah, nous y voilà !" pensa Nina en commençant à regretter de lui avoir parlé de ses problèmes. Il avait la manie de tout politiser. Et puis il parlait trop fort. On aurait dit qu'il s'adressait aux clients du café.

"Tu veux savoir ce que c'est qu'un vrai leader ? Moi, je vais te le dire : c'est quelqu'un qui sait reconstruire ce qui a été brisé, rassembler ceux qui ont été séparés. Mais il faut une vision pour y arriver et c'est ce qui nous manque le plus dans ce foutu pays !"

Il était très agité. Autour d'eux, un silence malsain. Nina eut soudain des craintes pour lui. Dans ce climat tendu, il aurait été préférable de ne pas s'exprimer ainsi. Pourtant, elle savait bien que c'était dans son tempérament. Toujours prêt à prendre le contre-pied des choses.

Comme s'il avait lu dans ses pensées, Kangha devint plus conciliant :

"Pour en revenir à ton problème, sache que chacun d'entre nous a sa propre voie à suivre. Tourne-toi vers l'extérieur mais, tu sais, agis comme dans l'avion quand il perd de l'altitude. N'oublie pas de mettre ton masque à oxygène avant d'aider les autres."

Ils payèrent l'addition et sortirent.

Dehors, le soleil brillait insolemment. Ils achetèrent des arachides à une gamine et les grignotèrent en remontant l'avenue Chardy. Devant l'ancien marché, ils tournèrent dans la rue de Kangha.

Dès qu'ils ouvrirent la porte, la fraîcheur de l'appartement les accueillit.

VI

Pendant longtemps, Nina avait accusé sa mère de tous les maux. Elle lui avait même reproché la couleur de sa peau.

Son désarroi la gênait, faisait de l'ombre à sa jeunesse. Selon les lois de l'existence, c'était elle qui avait besoin de sa mère et non le contraire. Elle n'était pas là pour divertir ses parents.

Nina réalisait combien elle s'était trompée.

Dans ses souvenirs, sa mère avait toujours la quarantaine. Son sourire était gardé par deux fossettes qui lui sculptaient le visage à l'improviste. Ses cheveux étaient épais, robustes et châtain foncé. Elle était mince et charmante, mais elle n'était pas belle. Il lui manquait l'élégance naturelle des femmes qui se sentent bien dans leur peau. Elle voulait plaire sans se l'avouer.

C'était sa mère et pourtant elle la savait si fragile.

Dans ses souvenirs, sa mère portait toujours la même robe aux motifs géométriques, sa préférée. La coupe lui prenait joliment le corps. Elle avait passé une ceinture en cuir autour de la taille, et mis des sandales parce qu'il faisait chaud et qu'elle aimait se sentir à l'aise dans la maison. Elle paraissait heureuse ou, du moins, elle ne tenait pas compte du temps. La vie ne l'avait pas encore complètement trahie.

Au fil des années, Nina l'avait vue travailler sans relâche, enfermée dans son studio. Le jour, à son piano, la nuit, devant sa table éclairée par la lumière crue des néons. La petite chienne à ses pieds, elle brûlait les heures.

Sa mère se battait pour rester elle-même. Les disputes, c'était peut-être ça, imposer sa différence. Refuser d'être happée par les forces centrifuges.

Nina imaginait les premières années de sa vie en Afrique. Sur une photo jaunie, trouvée dans l'un des albums, on la voit au village avec son mari. Jupe-pagne bien serrée, corsage ample, mais échancré. Les cheveux noués en queue de cheval. Prête pour la découverte, pour le goût d'un autre monde. Le soleil sur son visage l'obligeait à plisser les paupières et à boire la lumière.

Elle respirait la pluie, écoutait attentivement le bruit du vent et enregistrait le chant des oiseaux. Ses yeux étonnés filmaient le paysage. Elle se disait que la vie l'avait gâtée, qu'elle ne pensait pas aller aussi loin, son existence irrémédiablement changée. L'envie de créer se distillait à petites gouttes dans son corps. L'aïeule ne lui avait-elle pas ouvert grands les bras, l'étreignant assez fort pour qu'elle sente sa peau noire, parfumée de savon végétal et de talc ? Ce que ce pays lui offrait était à mille lieues du destin qu'on lui avait tracé.

Des fêtes de l'indépendance, sa mère avait ressenti la grande allégresse. Drapeaux flottant dans un ciel flambant neuf. La ville en fleurs, la foule en liesse. Applaudissements. Discours, défilés et parades. L'avenir offrait l'espoir sur un plateau d'argent.

Inutile aujourd'hui de revenir sur les excès et la gourmandise qui prirent le dessus. Abidjan se fardait à outrance, perdait sa fraîcheur, l'innocence d'une cité radieuse. Les années s'étiraient, les murs s'effritaient. Le temps était devenu lourd, orageux. Une chaleur humide sapait les énergies, brouillait la vue.

Sa mère était morte avant d'avoir vu le pays sombrer. Elle avait continué à faire de la musique, essayé jusqu'au bout d'éteindre la cacophonie des voix discordantes.

Elle ne connut pas les signes de l'intolérance, le rejet de l'Autre. Elle ne connut pas le coup d'Etat, la peur, les remous et les gouvernements successifs. L'arrivée des rebelles. La partition. Une énorme césarienne dans le ventre du pays.

La mort lui avait fait grâce de la violence et du chaos, des regroupements d'étrangers quittant le pays à la hâte, voitures filant à toute allure en direction de l'aéroport. Bagages jetés dans le désordre du coffre arrière. Qu'emporter ? Que laisser ?

Elle aurait appelé Nina – sonnerie du téléphone fendant la nuit : "Tu te rends compte de ce qui se passe ? Et ton père qui ne veut pas partir avec moi. Dois-je m'enfuir comme une voleuse ?"

Et sa fille lui aurait répondu pour la rassurer, juste pour la réconforter : "Calme-toi maman, arrête de pleurer, cela passera, c'est un mouvement éphémère, la rue est manipulée, les gens ne sont pas comme ça, tu le sais bien, arrête de pleurer, tu peux venir passer quelques semaines à Paris avec moi, et puis après tu rentreras quand le calme sera rétabli. Tu sais, papa, il ne craint rien, il saura quoi faire. Il veut être là et pas ailleurs, justement maintenant. Arrête de pleurer, je t'en prie, maman…"

Et si cela avait été le contraire ? Sa mère se serait montrée plus forte, très déterminée. Elle aurait décidé de rester comme tant d'autres, parce que sa vie était dans ce pays qui était devenu le sien.

Désormais, ce qui avait de l'importance pour elle était là et pas ailleurs. Même si tout semblait remis en question ; le piano brisé, les carnets détruits, les partitions piétinées, elle aurait lutté contre la destruction. Elle en aurait été capable.

Sa mère était morte avant d'avoir vu le pays s'enfoncer. Jusqu'au bout, elle avait continué à jouer au piano.

Pour effacer la tristesse ?

VII

Un jour, lors d'une des visites de Nina à Abidjan, sa mère se montra particulièrement distante. Aucun geste pour l'accueillir. Rien pour lui souhaiter la bienvenue. Le lit était bancal. Une latte manquait aussi au sommier.

Quand elle lui en fit le reproche, sa mère rétorqua amèrement : "Qu'est-ce que tu crois ? Cela fait des années que tu es partie. Quant à Gabrielle, elle nous ignore. Tu penses peut-être que tout va s'arrêter parce que tu viens juste faire un petit tour par ici ?"

Malgré cela, le jour suivant alors qu'elle était partie voir des amis, le lit fut réparé, sa chambre nettoyée à fond et un petit bouquet de fleurs venant du jardin posé sur la commode. Le reste du séjour, sa mère lui avait fait écouter ses dernières compositions et elles étaient sorties plusieurs fois ensemble.

Nina se revoyait, petite fille, observant sa mère se préparer pour une soirée en ville. Sa lente transformation la fascinait. Elle se crêpait les cheveux, passait une robe habillée et lui demandait de remonter la fermeture éclair. Ensuite, elle se maquillait : de la poudre sur les joues, du bleu sur les paupières, du rouge sur les lèvres. Elle chaussait ses hauts talons en dernier, quand le père de Nina commençait déjà à perdre patience. Il était toujours prêt bien avant. Il lui arrivait même de s'installer dans la voiture en l'attendant. Nina devait alors lui tendre sa bouteille de parfum ou lui apporter rapidement le bracelet qui manquait. Elle la regardait s'éloigner avec un pincement au cœur.

Aux mondanités, elle préférait la tranquillité de son studio. Sans son mari, les habits de soirée seraient restés dans la penderie, retournés sur des cintres dans de grandes housses en plastique.

Tous les jours, en fin d'après-midi, elle se rendait dans le jardin qu'elle avait conçu pour durer. Nul arbuste de trop, pas d'herbes sauvages incontrôlées ou de buissons aux fleurs dépareillées. Elle savait faire des boutures, débarrasser les feuilles de leurs parasites et choisir de la bonne terre pour ses plantes.

Nina songea :
"Les arbres sont porteurs de notre mémoire. Et pourtant ils se taisent, gardent jalousement leurs secrets. Je ne saurai jamais ce qui s'est réellement passé."

VIII

"Qui sait où l'esprit de l'homme s'en va ?
— Qui sait s'il va en haut ou s'il va en bas ?
— Qui sait si l'âme s'enfonce sous terre ?"

"Regarde bien cette statuette. Les bras sont sug-
gérés, le tronc est abstrait, noir et lisse de patine.
Le visage n'a gardé que l'essentiel, les yeux fermés
comme en prière. Tu ne pourras trouver de style
plus moderne. Touche-la... admire comme elle est
belle."

Nina passa les doigts sur la pièce et fut troublée
par la douceur du bois dur. Sa mère tournait et re-
tournait l'objet dans ses mains, cherchant à percer
le mystère de sa puissance.

"Le rôle de l'artiste, dit-elle, perdue dans ses
pensées, ce n'est pas de recréer la réalité, mais
plutôt d'inventer l'illusion, d'imaginer l'inconcevable, la face cachée de notre vie."

Elle écoutait, médusée. Son maître, là, devant
elle, sa chair trop proche. Une influence indiscu-
table. Le lien maternel avait fait place au savoir.

"Abandonne tes prétentions. Ne te perds pas
dans la complaisance. Rien n'est certain, surtout
pas l'évidence. N'aie pas peur de ce qui est en
toi."

Nina ne savait plus si elle devait rester telle qu'elle
était ou si, au contraire, il lui fallait changer. Elle

ne comprenait pas non plus où sa mère voulait en venir. Tout à coup, elle ouvrit les mains. Des mots étaient inscrits à l'intérieur de ses paumes. Signes sacrés, psaumes et versets. Des paroles défilaient sous ses yeux.

"Prends cette statuette, elle est pour toi. Emporte-la, garde-la où tu veux aller."

IX

Prenant son courage à deux mains, Nina passa le seuil du studio.

A l'intérieur, l'obscurité était alourdie par le passé. Elle ouvrit les fenêtres pour laisser entrer la lumière et l'air du dehors. Au milieu de la pièce, une énorme masse recouverte d'un drap blanc attendait. Nina tira le tissu d'un coup sec. Le piano apparut dans sa magnifique nudité. La laque noire n'avait pas bougé, parfaite, sans une égratignure.

"Ne touchez pas à mon piano sans ma permission, c'est compris ? Il faut y faire très attention. S'il lui arrive quelque chose, vous serez punies !"

Nina caressa le clavier et appuya sur quelques touches au hasard. Elle fut surprise par la clarté des notes. Par paresse ou pour s'affirmer, elle n'avait jamais appris à jouer d'un instrument de musique. Et personne ne chercha à lui faire changer d'avis. Sa mère disait : "En art ce n'est pas la peine d'insister. Si l'envie ne vient pas de toi, c'est une perte de temps."

Maintenant, des années après, elle regrettait de n'avoir fait aucun effort. Le travail de sa mère resterait un mystère, un chant muselé. Et pourtant elle avait passé tant d'heures dans ce studio ! Tout ce travail, pourquoi ? La porte fermée, dévorée par le piano, happée par sa passion, rien ni personne ne pouvait plus l'atteindre lorsqu'elle se mettait à composer. Autour d'elle, le vide.

Un jour, ne se sentant pas bien, Nina avait frappé à la porte du studio. Tout le monde était sorti.

"Qui est-ce ?

— C'est moi… J'ai mal au ventre, maman."

La porte ne s'ouvrit pas.

"Je t'ai déjà dit de ne pas me déranger quand je travaille ! Retourne dans ta chambre, je viendrai te voir quand j'aurai terminé."

Quand elle se rendit finalement auprès de sa fille, elle la trouva très souffrante. Prise de panique, elle appela son mari pour lui demander de rentrer très vite. Diagnostic : appendicite aiguë. Nina fut conduite d'urgence à l'hôpital.

Que faire du piano ?

Il valait une fortune mais personne ne l'utiliserait dans la maison. Prendre des leçons ? Inutile. Elle ne parviendrait jamais à égaler le talent de sa mère. Pianoter ne l'intéressait pas. Par contraste, Gabrielle était bien plus douée. Peut-être accepterait-elle de le garder. A moins qu'elle ne décide de le vendre.

Si le studio restait fermé à clé, l'art de sa mère se mourait à petit feu. Aérer ne suffirait pas. Il fallait tout sortir, nettoyer et replacer. L'idée d'un tel remue-ménage déplaisait profondément à Nina. A vrai dire, elle ne souhaitait rien déranger. Néanmoins, elle savait que cela ne pouvait plus durer.

Le gardien l'aida à bouger quelques meubles. Ils avaient à peine commencé qu'elle constata avec horreur que des termites avaient attaqué la bibliothèque. Elle souleva une pile de livres. Des larves blanches se tortillèrent, dérangées par la lumière.

Elle pensa immédiatement au piano. C'était un miracle qu'il fût encore intact. Révoltée, elle contacta un spécialiste qui accepta de venir rapidement. Ils cherchèrent dans tous les recoins du jardin où pouvait se trouver la termitière dans laquelle la reine se cachait pour pondre. Ils la découvrirent derrière le grand avocatier. Après l'avoir cassée, une bonne dose de poison fut versée à l'intérieur.

Nina était bien obligée de se l'avouer : elle s'était montrée négligente. Le studio était resté fermé pendant trop longtemps. Elle aurait dû l'aérer dès les premiers jours de son arrivée, puisque son père ne semblait jamais s'en soucier. Mais, jusque-là, elle avait trouvé mille raisons pour ne pas le faire. Cela lui pesait trop. Quelque chose de palpable, d'immense régnait dans cette pièce. Les murs en étaient tapissés, le sol en était recouvert, l'air en était chargé.

Et pourtant, il lui arrivait encore d'entendre des notes de musique s'échapper du studio. Elle avait alors l'impression que c'était des papillons qui flottaient dans toute la maison. Elle aurait voulu toucher cette légèreté, se nourrir de sa pureté.

X

Quand Nina constata que sa mère prenait enfin de l'âge, elle en ressentit un profond soulagement. Celle-ci ne pourrait plus la manger car cela lui prendrait trop de force, trop d'énergie. Et elle était maintenant affaiblie, préoccupée par le temps qui lui restait à vivre. Nina avait toujours su que c'était elle, et elle seule, que sa mère voulait avaler avant de partir.

Mais Nina avait réussi à lui échapper.

Quand sa mère la cherchait par ici, elle était par là. Ses appels restaient sans réponse.

Les espoirs de sa mère s'amoindrissaient. Comment mettre la main sur sa fille ? Elle n'aurait jamais dû relâcher son emprise. La posséder dès sa naissance, gober son premier cri, aspirer son souffle, voilà ce qu'elle aurait dû faire.

Nina l'avait laissée goûter sa peau et lécher ses yeux, mais elle était restée vigilante. Lorsqu'il lui arrivait de dormir à ses côtés, elle gardait toujours un œil ouvert dans la nuit. Année après année, elle se détachait, s'éloignait, dénouait les liens tissés si précieusement.

Finalement, sa mère pensa :

"Je n'ai plus le courage de regarder mon corps tomber en poussière. Je ne peux plus continuer à courir ainsi après ma fille."

Nina était tourmentée par les relents d'un amour malheureux.

C'était hier :

Dimanche à la plage. Le soleil jouait dans la chevelure de sa mère qui plaisantait avec l'eau et taquinait ses filles dans les vagues. De temps en temps, elle plongeait, puis réapparaissait, fendant l'étendue liquide. Ses épaules nues, scintillantes. Elle était bonne nageuse, sa brasse élégante. Nina l'observait, émerveillée. Brusquement, l'Océan se mit à gronder, à noircir, on aurait dit la lave d'un volcan en éruption. Sa sœur sortit à la hâte. Nina la suivit. Quand elles se retournèrent, leur mère n'était plus là. Elles crièrent son nom. Rien. Elles crièrent encore, puis pleurèrent, recroquevillées sur elles-mêmes. Un attroupement avait commencé à se créer. Alors, elles virent leur mère émerger de l'eau, plus belle que jamais.

Toc, toc, toc.

"Ah… c'est toi, Cécile. Viens, assieds-toi."

La jeune fille s'avança avec prudence. Elle tenait un dossier à la main.

"Où est ton frère, aujourd'hui ?

— Il est avec des amis. Je suis juste venue t'apporter nos certificats de naissance comme tu nous l'as demandé, l'autre jour.

— Tu as bien fait, j'avais oublié. Donne voir…"

Nina se pencha sur les documents. L'instant d'après, elle releva la tête brusquement :

"Mais ce n'est pas le nom de mon père, ça !"

Silence.

"Oui, en fait, c'est celui du grand-père…, répondit Cécile comme pour s'excuser.

— Du grand-père ? Et pourquoi est-ce que… ?"

Nina ne termina pas sa question. Elle avait deviné la réponse toute seule. Fausse déclaration. Et pourtant il ne s'était pas éloigné bien loin de la famille. Qu'avait-il donc cherché ?

"Je vois… Merci de me les avoir apportés", reprit-elle en glissant les photocopies dans une enveloppe marron qu'elle déposa sur le bureau.

Nina décida de changer de sujet, ne pouvant la laisser partir ainsi :

"Dis-moi, qu'est-ce que tu as l'intention de faire plus tard ?

— Je ne sais pas, pour le moment, un peu de commerce… Mais en réalité j'aimerais être conteuse."

Un sourire éclairait son visage.

"Conteuse, vraiment ? C'est intéressant. Et tu en connais beaucoup, des histoires ?

— Oui, bien sûr, répondit-elle, légèrement vexée que Nina puisse mettre sa parole en doute. Je peux t'en raconter une, si tu veux.

— Là, maintenant ?

— Oui, si tu es prête."

Il y avait du défi dans sa voix.

"Oui, je suis prête", répondit Nina un peu malgré elle.

Lorsque Cécile commença, sa voix était claire, sa posture assurée et ses gestes précis :

Deux frères avaient perdu leurs parents, l'un après l'autre, très brusquement. Désespérés, ils se retrouvaient maintenant sans soutien. Menant une vie misérable, ils se nourrissaient des restes que les villageois jetaient dans les tas d'ordures.

Personne ne les aidait. C'était comme s'ils n'existaient pas.

Après plusieurs années de souffrance, les deux orphelins, qui étaient maintenant des jeunes hommes, décidèrent de quitter leur village pour trouver refuge dans la brousse. Ils espéraient ainsi pouvoir recommencer leur vie et oublier toutes les humiliations qu'ils avaient subies. La nature serait plus généreuse que les hommes. Ils y trouveraient des fruits sauvages et du petit gibier.

Le lendemain, dès le chant du coq, ils se mirent en chemin.

Après une semaine de marche, fatigués, ils atteignirent une belle savane arborée. Ravis, ils décidèrent de s'y installer.

Or, à l'endroit même où ils avaient choisi de bâtir leur abri, une énorme termitière s'élevait, majestueuse. Ce ne pouvait être qu'un signe bénéfique.

Cependant, tandis que le frère aîné commençait immédiatement à défricher le terrain à l'aide de sa machette, le cadet grimpa au sommet de la termitière et ne bougea plus de là.

Cécile s'arrêta, mit les deux poings sur ses hanches et fit mine de froncer les sourcils :

Après avoir protesté, le grand frère continua quand même le travail de déboisement et de désherbage. Puis il demanda encore une fois à son cadet de descendre afin de l'aider dans la tâche. Mais l'autre ne répondit pas.

Il acheva donc seul le travail. Il coupa plusieurs branches d'arbres et tailla le nombre de bâtons nécessaires à la construction de leur nouvelle demeure. Toute la journée, le cadet ne fit absolument rien. Et, à la tombée de la nuit, il refusa même d'aller se coucher, préférant rester sur sa termitière. Les jours suivants furent semblables. Il resta perché sur la termitière, immobile, et ne toucha pas aux fruits sauvages que son frère lui présenta. Celui-ci était maintenant très inquiet et si triste pour son cadet qu'il pleurait souvent.

Cette situation dura pendant sept ans. Le petit restait sur la termitière, sans parler ni manger.

Finalement, l'aîné n'en pouvant plus, il fit un grand bond et gifla son frère avec violence. Celui-ci perdit l'équilibre, bascula en arrière et tomba lourdement au sol. Dans sa chute, il cassa la termitière en deux. Soudain, tout autour, les arbres devinrent de belles habitations, alors que les animaux se transformaient en hommes et en femmes.

*Le cadet ayant repris progressivement ses es-
prits, il retrouva son tempérament d'avant, c'est-
à-dire travailleur et attentionné.*

*Les deux frères devinrent les chefs de cette com-
munauté. Ils assumèrent si bien leurs responsa-
bilités que le village se changea en un royaume
prospère dont la réputation s'étendit bien au-delà
de ses frontières.*

"Voilà, c'est terminé, déclara Cécile dans l'attente
d'une réaction. Es-tu prête à accepter cette fin ?"

Nina se mit à rire à gorge déployée : "Bravo,
bravo ! dit-elle en applaudissant. Tu es très forte !
J'ai compris…"

XII

Les yeux fixés sur l'écran de son ordinateur, Nina
espérait trouver un message de sa sœur. Il n'y en
avait aucun. Elle décida donc de lui écrire sans plus
tarder.

Sujet : *Ton arrivée*

Chère Gabrielle,
Les jours passent. Connais-tu maintenant la
date de ton arrivée ? J'ai essayé de te joindre par
téléphone à plusieurs reprises, mais sans succès.
Par la suite, je me suis souvenue que tu étais en
voyage. J'espère que tout se passe bien et que tu
liras ce message à temps.
Je t'informe que la date de l'enterrement de papa
a été repoussée. Il aura maintenant lieu à la fin du
mois, le week-end du 27, exactement. Au village.
Mais il y aura d'abord une grande messe et une
veillée à Abidjan pour tous ceux qui ne pourront
pas faire le déplacement. Je pense donc qu'à pré-
sent, tu as amplement le temps de te retourner et
de prendre ton billet d'avion si ce n'est pas encore
fait. J'ai dû rassurer la famille qui s'inquiète beau-
coup. Hier, plusieurs personnes m'ont demandé de
tes nouvelles. Nous t'attendons. Réponds-moi vite.
Tu as le salut de tout le monde ici.
A bientôt. Je t'embrasse très fort.

NINA

Et si elle ne venait pas ?

Peut-être fallait-il attendre encore un peu. Elle ne pouvait pas ne pas assister à l'enterrement.

Pourtant, instinctivement, Nina avait déjà commencé à penser aux explications qu'elle donnerait à la famille au cas où sa sœur serait absente. Elle devait trouver une échappatoire. Mais laquelle ?

En sortant du bureau, Nina aperçut le cousin Nyamké dans le salon. Elle fit demi-tour. Pas question de lui parler. L'idée de l'écouter ressasser son histoire de dette l'horripilait. Où était donc passé le soi-disant respect aux morts ? Elle décida de prendre refuge dans sa chambre. Non, mieux, elle empoigna son sac et sortit par le petit portail du jardin, sans prévenir personne. C'était le plus sûr moyen de l'éviter.

Elle se rendit chez Daouda, son ami peintre qui habitait dans le quartier. Il avait assisté à l'une des veillées, mais elle n'avait pas pu lui parler ce soir-là. Une autre fois, pendant la journée, il était revenu la voir. Elle lui devait donc une visite.

En empruntant la rue principale, Nina constata que des ordures débordaient des bidons en fer qui servaient de poubelles à certains résidents. La ville s'abîme, se détériore, pensa-t-elle, forcée de contourner un tas d'immondices sur son chemin. Les gens aussi. Ils semblaient étouffés, éreintés par l'air vicié.

En entrant dans la cité où l'appartement de son ami se trouvait, Nina se souvint des innombrables fois où elle avait emprunté ce trajet. Elle aimait prendre des raccourcis en passant à l'arrière des immeubles. Le linge séchait au soleil et les enfants jouaient sur la pelouse éparse pendant que des adultes discutaient non loin.

Après le décès de la mère de Nina, Daouda avait organisé une soirée d'artistes en son hommage.

Plusieurs de ses compositions furent interprétées par un orchestre de la place. Quelques musiciens qui l'avaient bien connue donnèrent leurs témoignages. A la fin, un petit buffet fut servi.

Nina monta jusqu'au cinquième étage. Les escaliers étaient sombres, les murs couverts de graffitis.

"Quelle bonne surprise !" s'exclama Daouda. Il y avait des gens assis dans son salon.

"Je te dérange ?

— Non, pas du tout, entre, je suis avec quelques amis."

Il fit les présentations. Augustin et Pauline étaient eux aussi des artistes.

"Toutes mes condoléances, j'ai appris la nouvelle par le journal, murmura la jeune femme avec compassion.

— Oui, nous sommes désolés, ajouta son compagnon. C'était un grand monsieur, ton père, l'une des rares personnes ayant su rester propres jusqu'à la fin.

— Merci, c'est très gentil. L'enterrement est pour bientôt."

Pendant quelques secondes personne ne parla.

"Et ici, comment ça va ? demanda-t-elle en s'adressant à tout le groupe.

— Pas très bien, comme tu t'en doutes, répondit Daouda en lui servant du jus de fruits. Les gens ne s'intéressent plus à l'art. Ils sont trop préoccupés par leur survie."

Pauline abonda dans son sens :

"Je t'assure que ce n'est pas facile de monter une exposition, par exemple. La moindre étincelle en ville et personne ne vient. D'ailleurs, depuis que les expatriés ont quitté le pays, il n'y a pas beaucoup d'acheteurs. Malheureusement, comme tu le sais, on n'investit pas dans l'art ici.

— En fait, la crise n'a fait qu'exacerber la situation, poursuivit Daouda. Nous, les artistes, nous avons toujours été considérés comme des marginaux. On nous ignore.

— Ce n'est pas exact, je connais des artistes qui sont connus et respectés.

— D'accord, peut-être, mais, la plupart du temps, c'est parce qu'ils se sont fait un nom à l'étranger.

— Dans un sens, moi, cela ne me dérange pas trop, déclara Nina. C'est comme ça un peu partout. Par contre, ce qui me préoccupe, c'est la conservation des œuvres…"

Les regards se fixèrent sur elle.

"Enfin… je veux dire que, lorsqu'un artiste meurt, rien n'est mis en place pour protéger son travail. Généralement, c'est la famille qui doit se débrouiller toute seule. Il n'y a pas de véritables bibliothèques, aucun musée digne de ce nom et rien du côté médiathèques. Vous vous rendez compte ? Nous sommes amnésiques !" Elle eut un rire amer.

Les autres se taisaient. Trouvaient-ils ses paroles répréhensibles ? C'était pourtant la réalité. Sentant planer un malaise, elle reprit :

"La vérité, c'est qu'on parle tout le temps de la conservation du patrimoine culturel. Soit, mais cela ne concerne que le passé. Et aujourd'hui ? Savez-vous ce que vont devenir vos œuvres si par malheur vous disparaissiez ? Nous sommes tous concernés à plus ou moins long terme.

— C'est juste, nous devrions nous organiser, créer une structure, suggéra Augustin soudain préoccupé. Si nous attendons que le gouvernement s'en charge, il ne se passera rien !"

Pauline se balançait nerveusement sur son siège. Son sac tomba. Elle le ramassa avant de dire :

"Evidemment, mais d'un autre côté, si l'Etat ne s'implique pas, cela ne marchera pas non plus !

— Quoi qu'il en soit, je pense qu'il serait utile de commencer à faire pression en même temps que…

— Encore un peu de jus ?" coupa Daouda.

Décontenancée par l'attitude de son ami, Nina ne finit pas sa phrase.

"Non merci, il faut que j'y aille. On m'attend à la maison."

Elle descendit les escaliers rapidement. Au passage, elle donna un coup de pied dans une bouteille de Coca qui traînait sur un palier. Celle-ci dégringola en faisant un bruit creux.

De retour, elle constata avec soulagement que le cousin Nyamké était parti. Elle l'avait échappé belle.

Elle était assise au salon en train de regarder la télévision avec les autres quand le gardien demanda à lui parler. Sur la terrasse, il attendit qu'elle soit installée dans un fauteuil pour lui raconter ce qui était arrivé dans l'après-midi :

Deux jeunes de la famille, qui dormaient dans la maison depuis le début des funérailles, avaient vendu des tôles entassées dans l'arrière-cour, sans demander la permission à personne. Il voulait que Nina sache ce qui se passait derrière son dos. En tant que gardien, c'était son travail.

Elle le remercia de l'avoir informée et alla trouver les deux garçons. Ils jouaient aux dames près de la cuisine.

"Que s'est-il passé avec les tôles ?

— Quelles tôles ?" demanda celui qui était adossé au mur.

L'autre se retourna, l'air surpris.

Nina pointa un doigt accusateur : "Les tôles qui étaient là-bas dans le coin. Le gardien vient de me parler…"

Son visage s'illumina comme s'il venait tout à coup de résoudre une énigme :

"Ah, ça, mais ce n'est pas grave du tout ! Ces tôles étaient en train de rouiller. Un visiteur les a vues et a dit qu'il était intéressé.

— C'était pour s'en débarrasser que nous les avons vendues, je t'assure, expliqua le deuxième garçon, un pion encore à la main. En fait, il s'agissait d'une ou deux bonnes tôles, pas plus. Les autres étaient irrécupérables."

Nina croisa les bras sur sa poitrine :

"A partir de maintenant, vous ne touchez plus à rien, c'est entendu ? Vous n'avez pas le droit de vendre ce qui ne vous appartient pas !

— On s'excuse, grande sœur…"

Elle tourna les talons.

"Je perds mon temps, songea-t-elle, énervée. Je perds vraiment mon temps."

XIII

Sujet : *Présentations*

Chère Nina,
Nous ne nous sommes pas encore rencontrés.
Mon nom est Amon Brou. Je vis à Montréal. Je suis
ton frère. Je crois que la famille t'a expliqué.
J'ai appris avec une grande tristesse la dispari-
tion de Dr Kouadio, notre père. Hervé m'a commu-
niqué les dates de l'enterrement. C'est lui également
qui m'a donné ton adresse électronique.
Je suis désolé de prendre contact avec toi dans
des circonstances aussi douloureuses.
Dr Kouadio a été bon envers moi. Il s'est occupé
de mes études jusqu'au bout et c'est grâce à lui
que j'ai pu réussir.
J'ai pris mes dispositions pour assister à l'enter-
rement. J'arriverai à Abidjan vendredi à 11 heures
du matin par le vol AF 602.
En attendant de faire ta connaissance et de
rencontrer la famille, je t'envoie mes pensées les
meilleures en ces moments très difficiles pour nous
tous.

AMON

Nina ne tarda pas à rédiger sa réponse.

Sujet : *Re : Présentations*

Très cher Amon,

Oui, je sais qui tu es, on me l'a expliqué. Nous t'attendons donc dans deux jours. Quelqu'un sera à l'aéroport pour t'accueillir. Tu pourras loger à la maison si tu le souhaites. Plusieurs membres de la famille s'y trouvent déjà. Nous irons au village pour l'enterrement.

Bon voyage.

NINA

Elle cliqua sur le bouton d'envoi et se sentit immédiatement soulagée. Amon était à peine moins âgé qu'elle. Elle avait bon espoir qu'ils s'entendent.

La chambre de Gabrielle était encombrée par les affaires qu'elle avait laissées en plan depuis des années. La chaîne stéréo ressemblait à une antiquité. Des disques étaient encore empilés contre le mur. Nina ouvrit l'armoire. Une odeur de moisissure s'en échappa. Quelques vêtements pendaient lamentablement sur les cintres. Deux paires de chaussures au cuir durci occupaient le fond. Les étagères étaient pleines.

Elle décida de faire de la place. Les possessions de sa sœur tiendraient certainement dans une malle pouvant être stockée ailleurs. Si d'ici vendredi celle-ci ne se manifestait pas, Amon dormirait là.

Le téléphone sonna. Nina courut décrocher.

"Bonjour, c'est Kangha à l'appareil.

— Comment vas-tu depuis la dernière fois ?

— Bien, bien. Et toi ?

— Ça va, j'étais en train de faire des rangements.

— Tu as une minute ?

— Oui, bien sûr.

— Ecoute, je vais partir.

— Partir !? Mais où donc ?

— Je dois me rendre aux Etats-Unis pour un entretien. J'ai posé ma candidature pour un poste de chercheur à l'université du Michigan. Je prends l'avion dans quelques jours. Si ça marche – on m'a dit que j'étais en très bonne position –, je resterai là-bas.

— Mais tu ne m'en as jamais parlé…

— Je sais, c'est parce qu'il n'y avait encore rien de ferme."

Elle avait la voix cassée.

"Alors, comme ça, tu t'en vas ?

— Je suis désolé, Nina."

Puis il enchaîna :

"C'est une opportunité que je ne peux pas refuser, tu comprends ? La situation à l'université est intolérable. Entre les grèves et la violence sur le campus, c'est impossible de travailler. Je ne pouvais plus continuer ainsi.

— …

— Ecoute, ce serait mieux d'en parler plus calmement, de vive voix. On peut se voir avant mon départ ?"

Nina se donna le temps de réfléchir :

"Je ne pense pas que ce sera possible, répondit-elle sèchement. Il faut que je m'occupe des derniers préparatifs pour l'enterrement.

— Oui, bien sûr. J'aurais moi-même voulu être présent. Mais l'entretien se tient lundi et il faut que je me prépare. Avec le décalage horaire, il est préférable que j'y aille plus tôt, tu comprends ?

— Tu n'as pas besoin de m'expliquer, j'ai compris toute seule.

— Allez, ne le prends pas ainsi, Nina ! Tu pourras venir me voir aux Etats-Unis. Je serai toujours prêt à t'accueillir."

Tante Affoué entra au moment où Nina raccrochait.

"Qu'est-ce qu'il y a, tu as un problème ? Ça ne va pas ? demanda-t-elle en voyant son visage terne.

— Non, rien de grave, ne t'inquiète pas", répondit sa nièce en forçant un sourire. Puis, comme si elle reprenait ses esprits :

"Tu veux me parler ?

— Oui, c'est à propos du village. Il faudrait que nous achetions des bouteilles de gin et de Martini en plus. Il n'y en a pas assez. Ah, par ailleurs, en ce qui concerne l'habillement de ton père, la famille propose qu'il soit tout en blanc."

Nina ne chercha pas à cacher sa désapprobation.

"Je ne pense pas que ce soit une bonne idée. Je trouve cela trop triste, le blanc. Je n'aime pas.

— Je te rappelle que c'est la couleur du deuil chez nous.

— Peut-être, mais cela le fera ressembler à un fantôme."

Elle était fatiguée d'avoir à argumenter pour chaque chose, de devoir s'opposer constamment. Elle n'avait plus le temps de tergiverser :

"Et puis, de toute manière, je pense que ce serait mieux s'il portait les habits qu'il aimait. Dis à la famille que je vais choisir ce qu'il faut. Ce sera très bien, vous verrez."

Tante Affoué sembla ennuyée, mais elle n'insista pas. A peine fut-elle sortie que Nina se rendit dans la chambre de son père. Il fallait agir vite.

Le choix ne manquait pas. Deux penderies entières allant de costumes très simples, faits localement, à des créations de grands couturiers étrangers. Coton, lin, laine fine, percale. Beaucoup d'ensembles "sahariennes" en pagne. Un nombre impressionnant de cravates, de ceintures, de chaus-settes et de mouchoirs. Bien rangées, ses chaussures et, un peu en retrait, ses sandalettes préférées.

Nina hésita avant de toucher les habits. Elle se sentait comme une intruse fouillant dans les af-faires personnelles de son père.

Ne plus penser ainsi. Imaginer qu'elle était sim-plement en train de l'aider à choisir une tenue de soirée.

Alors, tout devint plus facile. Elle sélectionna un costume bleu nuit à rayures fines, l'une de ses meilleures cravates et des chaussettes noires en fil d'Ecosse. Pas de chaussures. Les morts n'en por-tent pas.

Il ne manquait plus que la chemise qui devait obligatoirement être blanche. Pas de problème pour en trouver une.

Elle fut heureuse, son père serait beau.

L'habillement complet était maintenant disposé sur le lit afin de le montrer à ses tantes. Après leur approbation, elle allait le ranger dans une petite valise qui partirait à la morgue le jour de la levée du corps.

Tout à coup, Nina se souvint que, traditionnel-lement, on déposait dans le cercueil une tenue de rechange, quelques pagnes et un peu d'argent pour le voyage du défunt. Si ses tantes donnaient leur ac-cord, elle choisirait aussi le costume de rechange.

XIV

Dernière veillée officielle à la maison. Des files de voitures de chaque côté de la route. Toutes les lumières allumées. Des gens partout, dans le jardin et sous la marquise. Pour marquer la solennité de l'occasion, une chorale avait été conviée.

Nina, ses tantes, plusieurs oncles et le prêtre du village venu pour l'occasion à Abidjan étaient tous assis dans des fauteuils face à l'assistance.

Des jeunes filles de la famille servaient du café et du jus de gingembre dans des verres en plastique. Elle remarqua Cécile parmi elles. La chorale chantait des hymnes religieux.

Vers 22 heures, le prêtre se leva et pria longuement à haute voix. Quand il eut terminé, il précisa la nouvelle date de l'enterrement, sans dire pourquoi elle avait été repoussée. Etait-ce un reproche indirect à la famille ? Et, si oui, pourquoi ne pas l'exprimer clairement ? Probablement parce que, malgré la toute-puissance de l'Eglise, la tradition avait une fois de plus pris le dessus.

Des témoignages suivirent. Tout le monde parla de la grande générosité de cœur et d'esprit dont le docteur Kouadio Yao avait fait preuve au cours de sa vie. Certains s'exprimaient avec beaucoup d'emphase, se comportant comme les hommes politiques qu'ils voyaient à la télévision. Seul son vieil ami eut un ton plus personnel :

"La mort a fauché Kouadio alors qu'il lui restait encore tant de choses à accomplir. Il a aimé son métier avec passion, s'y est consacré entièrement et a servi son pays du mieux qu'il le pouvait. Mais il n'était qu'un homme. Devant les erreurs qu'il a pu commettre, le Créateur suprême saura lui accorder son pardon.

Repose en paix, mon cher ami. Que ton voyage t'amène vers la lumière !"

A minuit, la chorale s'arrêta. Les invités s'en allèrent un à un. Ils se levaient de leurs sièges et s'éloignaient en silence.

Quand il n'y eut plus personne, on empila les chaises. Des parents éloignés demandèrent à dormir dans le salon parce qu'il était trop tard pour rentrer chez eux. On leur apporta des nattes.

Nina avala un somnifère et se glissa sous les draps. Amon allait manquer la grande messe du lendemain matin qui se tiendrait à la paroisse Sainte-Thérèse. Dommage, car il y aurait certainement du monde. Heureusement, il arriverait à temps pour la levée du corps et la cérémonie au village. C'était l'essentiel.

De Gabrielle, toujours pas de nouvelles.

Juste avant de fermer les yeux, elle entendit la pluie marteler le toit avec fureur. Ses angoisses éclataient sous l'orage.

Dans son demi-sommeil, elle redevenait cette gamine guettant le retour de ses parents. La ville était plongée dans le noir par une panne d'électricité. Le feuillage des arbres s'agitait violemment et les plantes se noyaient dans le sol saturé d'eau. Des torrents se déversaient, là-bas, sur les routes et dans les cours, creusant des tranchées sur leur passage.

Où étaient-ils et quand rentreraient-ils ?

Comment dormir dans ce brouhaha infernal, comment rêver à autre chose qu'à ce désert qui lui déchirait le cœur ? La nuit était prisonnière, effrayée par le tonnerre.

Se lever. Vérifier que les portes et les fenêtres étaient bien fermées. Qu'elles n'allaient pas céder sous la pression du vent. Se lever. Mais son corps était lourd, trop lourd. Ses jambes de plomb, ses bras de pierre. Elle ne voulait pas sombrer, se battait contre l'oubli.

XV

Si elle choisissait de revenir, beaucoup de choses allaient devoir changer. D'abord, ne pas se laisser prendre par l'usure. Abandonner ses forces. Se dire que, finalement, pourquoi lutter, pourquoi ne pas tourner la page et se réfugier dans un vase clos ? Ensuite, surtout, ne pas se laisser emporter par ce qui ne va pas.

Dites-moi, comment faites-vous pour résister aux forces centrifuges ?

Elle était consumée par les flammes d'un vent glacial. Une parodie de paroles sérieuses tournait dans son esprit.

"C'est inadmissible ! s'exclama Frédéric quand il apprit l'existence des frères et sœur. Ce n'est plus une double vie, c'est autre chose, un monde parallèle. Je suis atterré."

Alors Nina sut que tout cela n'avait peut-être rien à voir avec elle. L'homme qui lui avait donné la vie avait truqué la réalité, joué sur les apparences, coupé le monde en rondelles. Les enfants pouvaient trotter dans la cour et se nourrir de miettes, ils finiraient un jour par trouver leur chemin. Il en était la preuve. N'avait-il pas surmonté les obstacles les plus durs ? Au fond, il était resté le même sans pouvoir se dépouiller des cicatrices de sa jeunesse. Le reste avait glissé sur son esprit.

Tous les jours, en passant devant la photo de ses parents accrochée dans le couloir, Nina se demandait pourquoi sa mère avait accepté la situation. Elle n'aurait jamais de réponse à cette question, bien entendu. Surtout qu'il devait y avoir plus d'une raison. Et si c'était pour elles, pour ses filles, qu'elle avait subi tout cela ? Pour ne pas casser les liens. Non, cette pensée était trop dure, chargée comme elle l'était des attentes inassouvies, des heures éparses que sa mère avait vécues. Mais elle n'avait peut-être pas voulu déraciner sa musique. Et ses rêves non plus qu'elle avait refusé d'anéantir.

Oui, si elle choisissait de revenir, Nina allait devoir se méfier de sa propre nature. Des désirs de puissance absolue s'installaient déjà dans son for intérieur. On commençait à la regarder différemment, espérant qu'elle allait décrocher des étoiles. Avait-elle toujours voulu être dans cette position ou se trouvait-elle là par défaut ? Simplement parce que les circonstances s'étaient enchevêtrées pour créer ce brouillamini.

Elle commençait à ne plus se reconnaître :

"Il faut que je mette la dernière main à mes pensées, que j'accepte de reconnaître ce qui est arrivé et que je retrouve ma vie."

Cette existence l'essoufflait. Elle ne supportait plus de constater le désordre et d'en faire partie. Elle se sentait trop près du bord.

XVI

Les membres de la famille revinrent satisfaits de la grande messe. Tout s'était très bien déroulé. Comme prévu, il y avait eu beaucoup de monde et l'évêque qui les avait honorés de sa présence, grâce à l'intervention d'un parent bien placé, avait dit une belle homélie. Dommage pour le petit retard. En effet, ils avaient dû attendre le ministre de la Santé qui avait pourtant garanti sa présence effective. Mais au final, il s'était fait représenter par son chef de cabinet. Néanmoins, le corps médical était venu en force.

Nina était en train d'en discuter avec ses tantes, quand Amon apparut, suivi d'Hervé, valise à la main. Effusion. La maisonnée tout entière vint lui souhaiter la bienvenue.

Il n'était pas très grand mais portait bien son corps et son charme. Dans ses yeux, elle se reconnut instantanément, ou du moins elle vit un lien entre eux.

Ses bagages furent déposés dans la chambre de Gabrielle.

Il parut très content de l'accueil.

Ensuite, en attendant le déjeuner, Nina et les tantes l'informèrent du déroulement des cérémonies au village. Elles l'invitèrent à voyager dans la même voiture.

En l'observant, Nina se dit qu'elle n'était pas à plaindre. Ses frères et sœur lui donnaient des racines, la plantaient fermement dans la terre. Elle avait beau fouiller son esprit, elle ne trouvait pas assez d'outrage pour refuser cette nouvelle parenté. Elle qui croyait avoir tout perdu possédait à présent plus d'attaches qu'avant. Etait-ce cela, l'héritage de son père ?

Mais elle savait aussi que le temps serait l'unique juge, le grand décideur. Elle déroulait avec précaution les fils de ces attaches emmêlées.

Amon sortit des photos. Il leur montra sa femme, Sandrine, qui était béninoise. Il l'avait rencontrée au cours de sa deuxième année à l'université, lors d'une fête de l'Association des ressortissants de l'Afrique de l'Ouest à Montréal. Elle était assez jolie et paraissait à l'aise devant l'appareil. Un paysage enneigé contrastait avec les couleurs chaudes de sa jupe en pagne qui dépassait d'un manteau épais. Sur une autre photo, elle tenait leur petite fille par la main. Une gamine à l'air espiègle et aux bottes à petits pois verts. Il y en avait aussi une autre où ils étaient tous les trois ensemble, adossés à leur voiture, une Toyota Corolla.

"Viens, Amon, le repas est prêt."

Sur la table, un vrai festin : sauce graine, kedjenou, riz rouge, foutou et attiéké.

Nina le fit asseoir à la place d'honneur.

La conversation était animée. Chacun voulait savoir comment il se débrouillait à Montréal. La vie était-elle chère ? Les Canadiens se montraient-ils accueillants ? Les universités ouvraient-elles facilement leurs portes aux étrangers ? Nina changea vite de sujet et lui demanda comment il comptait s'organiser pendant son court séjour. Il répondit qu'il avait l'intention de rendre visite à un ami dans l'après-midi. Il attendrait le retour des funérailles pour aller voir sa mère à Agboville.

On lui donna des nouvelles des uns et des autres. Les tantes s'attardèrent sur la généalogie de la famille.

Après le repas, pendant que la plupart d'entre eux allèrent faire la sieste, Nina se rendit chez le tailleur du quartier pour retirer l'ensemble qu'elle avait fait coudre dans le pagne-uniforme des cérémonies du village. Les femmes avaient choisi un tissu dans des tons bleu indigo qui lui plaisait beaucoup.

Une fois cela fait, Nina passa par le petit marché pour acheter des bananes et des mandarines. Elle savait que la journée du lendemain serait exténuante. Elle aurait besoin d'un apport d'énergie.

Il était grand temps maintenant de finir les toutes dernières préparations. Elle ne voulait rien oublier. D'abord la petite valise contenant l'habillement de son père, puis les bouteilles d'alcool supplémentaires pour les notables et deux ou trois provisions. Quant à son propre sac de voyage, elle le terminerait juste avant de se coucher. Après avoir disposé les bagages devant la porte, elle vérifia dans son porte-monnaie qu'elle avait retiré suffisamment d'argent pour parer aux imprévus.

Amon rentra à la maison en début de soirée. Ils s'installèrent sur la terrasse pour profiter de la brise qui soufflait et du parfum que l'arbre ylang-ylang distillait.

Nina lui demanda quels avaient été ses rapports avec leur père.

"Laisse-moi t'expliquer, lui dit-il sans emphase. Selon ma mère, ils ne se sont pas entendus et elle était déjà enceinte de moi lorsqu'ils ont arrêté de se voir. Quelques années plus tard, elle s'est mariée et c'est ainsi que je porte le nom de mon père adoptif qui s'est occupé de moi comme de son fils. J'ai toujours pensé que c'était lui, mon père. Jusqu'au jour où leur mariage a eu des difficultés. Ils se disputaient tout le temps et ma mère a fini par quitter le foyer conjugal. Elle m'a pris avec elle, ce qui m'avait beaucoup étonné à l'époque car j'étais l'aîné et le seul fils. Par contre, mes trois jeunes sœurs restèrent à la maison. C'est à ce moment-là que j'ai commencé à avoir des doutes sur ma filiation. Je me suis mis à harceler ma mère de questions, si bien qu'elle me révéla qui était mon vrai père. Un jour, nous sommes allés chez vous et c'est là qu'elle me l'a présenté. Je me souviens que c'était pendant les grandes vacances scolaires. Vous étiez parties en France avec votre mère. Une fois qu'on s'est connus, il s'est intéressé à moi. Après le bac, il m'a envoyé poursuivre mes études universitaires à Bordeaux. J'y suis resté pendant huit ans avant d'aller travailler au Canada.

— Tu ne connais donc pas très bien la famille ?

— C'est exact. Je n'avais jamais vu tes tantes avant aujourd'hui. Et pour ce qui est des parents au village, je n'en ai rencontré aucun."

Nina regretta le mal qu'elle et Gabrielle lui avaient causé indirectement. Elle songea aux décisions prises par son père, aux choix qu'il avait faits à leur insu. Elle en fut consternée.

A son tour, Nina lui donna des informations sur les autres enfants de leur père. Il l'écouta, l'air préoccupé mais sans montrer de surprise particulière. Elle éprouvait une telle aisance en sa présence qu'elle lui fit aussi part de ses soucis financiers. Il lui suggéra de créer un fonds commun pour pouvoir mieux planifier les aides. "Comme ça, tu sauras toujours ce dont tu disposes et tu t'en tiendras à cette somme, chaque mois. Je te conseille de ne jamais aller au-delà."

Il lui fit un grand sourire :

"Et ta sœur, comment va-t-elle ? Cela me ferait plaisir de faire sa connaissance."

La honte s'empara de Nina.

"Malheureusement, elle n'est pas encore arrivée, répondit-elle, incapable de soutenir le regard d'Amon. Et il est fort possible qu'elle ne puisse pas se libérer à temps. Elle sera sans doute ici après l'enterrement.

— Ah, je comprends... Est-ce qu'elle est au courant à propos de nous ?

— Je ne crois pas. En tout cas, je ne lui en ai pas encore parlé.

— Tu devrais. Je pense qu'elle a le droit de savoir."

Dans la soirée, Nina vérifia encore une fois avec ses tantes que tout était bien en ordre pour le lendemain. Elle se retira dans sa chambre de bonne heure avec un soulagement mêlé de profonde anxiété.

Elle se souvenait de l'enterrement de sa mère.

Tout cela, elle l'avait déjà vécu.

La blessure était de nouveau ouverte, mais cette fois-ci la plaie suppurait.

XVII

Sujet : *Nouvelles d'Abidjan*

Chère Gabrielle,

T'ai-je dit que nous avions quatre frères et sœur ?

Non, bien sûr, comment aurais-je pu ? Je viens juste de l'apprendre. C'est à la maison, pendant les funérailles, que cela m'a été révélé. Mais peut-être étais-tu déjà au courant ? Peut-être sais-tu beaucoup plus de choses que moi ? Tu as toujours été plus perspicace, plus au fait de ce qui se déroulait autour de nous.

Je n'ai jamais compris ton départ abrupt de la maison et, aujourd'hui, je comprends encore moins ton absence.

Comme tu peux l'imaginer, c'est un grand choc pour la famille. Pourquoi as-tu agi ainsi ? Avais-tu peur qu'on te demande de rester ? Pourtant, tu t'es toujours comportée comme tu l'as voulu. Personne ne t'aurait forcée à faire quoi que ce soit. Il s'agissait de la mémoire de papa.

En ce qui concerne nos frères et sœur, il y a d'abord Koffi, le plus jeune. Il a neuf ans, est très intelligent, mais pas en bonne santé. Il faudra assurer ses frais de scolarité et probablement ses dépenses médicales car sa mère ne semble pas en avoir les moyens.

Le deuxième frère, c'est Roland, un adolescent de nature plutôt anxieuse. Il est sans emploi depuis un moment. L'autre jour, il m'a dit qu'il avait dû arrêter ses études au niveau de la troisième parce qu'il avait raté son BEPC, deux fois de suite. Papa l'avait alors inscrit à une formation d'électricien, mais là aussi cela n'a pas marché car, à la fin de ses cours, il n'a pas pu s'installer à son compte. Il voudrait commencer un petit business de vente de téléphones portables. Il connaît un fournisseur chez qui il peut en obtenir à prix d'usine. Je vais voir s'il est possible de lui avancer l'argent nécessaire pour démarrer.

Sa sœur, Cécile, a dix-huit ans. Je trouve qu'elle a de l'avenir parce qu'elle sait exactement ce qu'elle veut : être conteuse. J'ai eu l'occasion d'écouter l'une de ses histoires. C'était très bien. Je ne sais pas où cela va la mener, mais en attendant elle ne fait pas que ça. Elle a réussi à monter un commerce de produits fabriqués en Chine qu'elle vend au marché d'Adjamé. Je ne me fais pas de souci pour elle. Si on lui en donne l'occasion, elle saura tirer son épingle du jeu.

Enfin, il y a Amon, le plus âgé des quatre. Nous avons deux ans d'écart. Il vit à Montréal où il a un bon poste dans une société d'informatique. Il est venu à Abidjan spécialement pour l'enterrement de papa. Il est marié et père d'une petite fille. Je suis certaine que tu l'apprécierais. Il s'est beaucoup impliqué depuis son arrivée.

Nina arrêta de taper sur le clavier.

"C'est trop facile, pensa-t-elle. Je n'ai même pas le courage de lui faire des reproches, de lui dire ce que je pense réellement. De peur qu'elle ne se fâche et disparaisse à tout jamais ! Combien de temps encore vais-je continuer à trembler ainsi ?"

175

Une peur physique la prenait, lui tirait les cheveux et lui tordait le cou. La poussait à retourner en arrière. Les souvenirs étaient plus forts, elle n'y pouvait rien :

Debout, devant sa sœur, elles se regardent sans bouger, les muscles tendus, prêtes à se battre.

Puis plus rien. Un calme froid. C'est peut-être terminé.

Soudain, une gifle éclair.

Nina fait un pas en arrière et se tient la joue.

Elle pleure, tempête, veut répondre. Inutile, Gabrielle est déjà partie.

Prenant son courage à deux mains, elle se remit à écrire :

La maison grouille de monde. Si tu étais venue, tu aurais pu constater combien la famille est grande. Et chacun à sa manière a fait preuve de solidarité. Papa en aurait été très fier.

Les gens ont maintenant cessé de me demander de tes nouvelles. Ils ont compris. Mais compris quoi, au juste ? Que tu ne les acceptes pas ? Que tu as décidé de tirer un trait sur ton passé ? Ou alors que le pays est devenu trop dangereux pour que tu t'y aventures ? Je suis déçue. J'ai l'impression que tu nous as abandonnés.

C'est notre vieux cuisinier qui continue à me demander si tu arriveras bientôt. Parfois, le soir, je le vois assis sur son tabouret dans un coin de la cuisine. Il dodeline de la tête. C'est l'heure de rentrer chez lui, mais il ne veut pas s'en aller.

Tu m'excuseras d'avoir été longue. Puisque je ne sais toujours pas quand ou si je te verrai, je tenais à t'expliquer ce qui s'était passé ces derniers temps.

Je t'embrasse.

NINA

P.-S. : Dis-moi ce que je dois faire avec les affaires que tu as laissées dans ta chambre. Je les ai mises dans une malle. Je peux les distribuer ou, après avoir fait un tri, t'envoyer ce qui n'est pas trop lourd ? Que préfères-tu ?

En quelques heures, Nina reçut une réponse :

Sujet : *Re : Nouvelles d'Abidjan*

Chère Nina,
Je viens de recevoir ton message et j'y réponds immédiatement. Je suis toujours en voyage.
Oui, tu as raison, je ne viendrai pas. Pour moi, papa n'est pas un cadavre. Je n'ai pas besoin de le voir une dernière fois. Son corps n'a pas d'importance. Je préfère garder son souvenir intact.
Il n'est pas parti, il s'est simplement retiré. La vie continue. Pas sans lui, mais avec lui. Le corps est une machine à mépriser. Il n'arrive pas à suivre l'esprit. L'esprit est beaucoup plus fort. Il peut même parfois casser la machine en la poussant à bout.
Les musulmans enterrent vite leurs morts, après avoir creusé de modestes tombes. Les Indiens les brûlent sur des bûchers ardents. Je ne cherche pas à te choquer, mais je suis persuadée que les longues funérailles élaborées ne sont organisées que pour les vivants. En fait, ils ne pensent qu'à leur propre enterrement. Le décorum, le faste et l'argent, tout ça, c'est pour eux-mêmes, pour se réconforter. Mais la réalité est différente. Malgré les cérémonies coûteuses que vous avez déjà entreprises et que vous allez encore entreprendre, personne ne pourra combler le vide laissé par papa.
Il est parti avant que ses facultés ne se dégradent et qu'il ne puisse plus vivre sa vie normalement. Pour moi, c'est cela l'essentiel et je m'en réjouis.

*Le reste, c'est pour les autres. S'ils jugent néces-
saire d'organiser des événements pompeux, ils en
ont tout à fait le droit, mais que l'on ne me demande pas d'en faire partie.*

*En ce qui concerne mes affaires, décide toi-
même, je les ai déjà oubliées.*

*Quant à tes révélations sur nos nouveaux "frères
et sœurs", tout ce que je peux te dire, c'est que je
n'ai qu'une sœur que je connaisse : toi.*

GABRIELLE

XVIII

6 heures du matin. Le réveil sonne. Nina prend une douche rapide, s'habille et va rejoindre les autres au petit-déjeuner.

Départ pour la morgue.

Les hommes qui avaient préparé le père s'étaient bien occupés de lui. Un oncle était dans la salle et les observait en retrait. Ils avaient lavé le corps comme on l'aurait fait pour un bébé, le tournant d'un côté puis de l'autre, le reposant délicatement avant de le reprendre à pleines mains. Leurs gestes étaient lents et précis. Les éponges, douces. Une odeur de savon flottait dans l'air. Puis ils l'avaient séché délicatement en tapotant la peau avec une serviette, lui avaient mis du talc et passé de l'eau de toilette.

L'oncle leur tendit les habits.

En dernier, le maquillage. Beaucoup de poudre, partout, sur le visage, les paupières et le cou. Un peu comme on fait avant de passer à la télévision sous les projecteurs.

Nina et ses tantes attendaient devant la porte.

Les deux employés sortirent pour annoncer que le défunt était prêt. En guise de remerciement, tante Affoué donna un pagne au premier homme qui semblait être le chef. Mais celui-ci se fâcha. Il déclara qu'il avait demandé deux pagnes pour exécuter le travail. Il exigea donc de garder le reste du flacon d'eau de Cologne, la savonnette et la boîte de talc qu'il avait utilisée. La tante lui remit également une bouteille de gin et la somme d'argent convenue. Le deuxième homme s'approcha alors de Nina en lui faisant signe qu'il voulait aussi un pourboire. Surprise, elle fouilla dans son sac et en sortit un billet de 5 000 francs qu'elle lui remit.

Les membres de la famille patientèrent encore un peu dans la cour, avant d'être conduits dans une pièce sombre. Ils y trouvèrent le cercueil ouvert et le père allongé dedans.

"C'est perdu d'avance, pensa Nina. Je ne peux plus rien pour lui. Tout est fait, il ne reste que le rituel."

L'un après l'autre, ils déposèrent autour du corps les petits objets qu'ils avaient apportés. On referma le couvercle devant eux.

Après la bénédiction, le cercueil fut placé à l'intérieur du corbillard. Les couronnes étaient déjà accrochées sur le véhicule. Elles couvraient les deux côtés et l'arrière. On en avait ajouté sur le toit. Seul le capot n'en portait pas.

Le corbillard se fraya un chemin à travers la foule. La voiture dans laquelle se trouvaient Nina, ses tantes et Amon était en tête du convoi.

Dès qu'ils atteignirent le boulevard Giscard-d'Estaing, le véhicule se mit à rouler à vive allure. Le chauffeur avait actionné la sirène et mis les feux de détresse. Il ne respectait aucun panneau de signalisation. Quelques fleurs en plastique s'envolèrent, emportées par le vent. Une couronne battait sur le côté gauche. Nina fit remarquer aux autres qu'on avait dû mal la fixer.

A la sortie d'Abidjan, le chauffeur ralentit brusquement puis s'arrêta en bordure de route. Son coéquipier sortit et entreprit de placer toutes les couronnes à l'intérieur du corbillard. Les voitures étaient immobilisées pendant que l'opération se déroulait. Il faisait chaud. Tout le monde attendait, pétrifié par le soleil.

Quand ce fut terminé, le convoi s'ébranla de nouveau en direction du village, plus lentement, plus dignement à présent. La voie était déserte et les campements paraissaient vides. Seuls quelques cabris broutaient près des cases.

Ils roulaient depuis plus d'une heure quand, non loin d'une petite agglomération, le corbillard s'arrêta de nouveau. Ne sachant pas ce qui se passait, le convoi en fit de même. Cette fois-ci, le chauffeur et son coéquipier sortirent tous les deux du véhicule. Debout sur l'asphalte, ils étaient dans une discussion animée. On les voyait gesticuler avec profusion. De loin, cela avait tout l'air d'une dispute. Que signifiait cette scène ? Plusieurs personnes klaxonnèrent et exprimèrent ouvertement leur impatience. Le chauffeur décida alors de ressortir les couronnes et de les raccrocher l'une après l'autre sur le corbillard.

Pendant ce temps-là, le coéquipier se dirigea vers Nina.

Elle baissa la vitre.

L'homme s'approcha d'elle :

"Nous sommes presque arrivés, lui annonça-t-il, mais il n'y a plus d'essence dans le corbillard."

Le sang de Nina ne fit qu'un tour. Elle éleva la voix :

"Mais comment ça ? ! s'exclama-t-elle, offusquée. Vous racontez n'importe quoi, ce n'est pas vrai ! Comment pouvez-vous prendre la route sans faire le plein ?"

Les tantes secouèrent vigoureusement la tête et levèrent les bras au ciel. Semblant indifférent à leur indignation, il reprit :

"Ce n'est pas de notre faute, c'est la direction qui ne nous a pas donné assez de bons d'essence."

Nina était prête à répliquer quand Amon l'en dissuada :

"Laisse-moi faire. Nous n'avons pas le choix, il faut bien que l'enterrement ait lieu."

Il tendit un billet de 10 000 francs au coéquipier.

Le corbillard roula au pas jusqu'à l'unique station d'essence de l'agglomération pendant que le convoi attendait.

Quand ils redémarrèrent enfin, un débat s'éleva dans la voiture. Les tantes s'exprimaient ouvertement. "Tu vois, tout est comme ça ! Dis-moi où est passée l'essence ! Qui est-ce qui a fait le coup, les gens de la direction ou le chauffeur et son acolyte ? Vraiment nous souffrons trop ici, c'est lamentable." Amon, lui, se demandait pourquoi les deux hommes s'étaient disputés juste avant l'incident. Sur quoi n'étaient-ils pas d'accord ! De supputation en supputation, ils finirent tous par en conclure qu'il n'y avait plus ni foi ni loi chez eux.

Les plantations s'étendaient à perte de vue. Le calme revint petit à petit. Ils passèrent une file de camions militaires stationnée à un barrage de police. Serrés sur les banquettes, épaule contre épaule, kalachnikovs aux pieds, les hommes regardèrent passer le convoi avec indifférence. Un paysan qui pédalait laborieusement dans une côte mit le pied à terre. Son dos nu dégoulinait de sueur.

Une humidité accablante alourdissait l'atmosphère. L'air chaud s'engouffrait par le moindre interstice. Mais, sur les vingt derniers kilomètres, le convoi roula sans encombre.

XIX

Cela faisait des heures que la fanfare attendait. Elle s'anima à la vue du corbillard et se plaça immédiatement devant. Les musiciens guidaient le convoi dans une atmosphère de fête tandis que les villageois marchaient le long des véhicules. Les enfants sortaient des concessions en criant et en faisant de grands signes de la main. Des jeunes filles qui lavaient du linge dans des cuvettes en émail relevèrent la tête sur leur passage, les bras encore recouverts d'une mousse blanche et légère.

Le cercueil fut posé dans la pièce principale de la maison que Kouadio s'était construite et dont il avait été si fier. Les membres de la famille étaient assis auprès de lui.

Dans la cour, Nina vit passer des notables habillés de lourds pagnes tissés. Selon l'usage, ils venaient demander les dernières nouvelles aux représentants de la famille. Maintes paroles de salutations seraient échangées. Ensuite seulement, le décès pourrait être annoncé officiellement. Après consultation, les chefs du village accepteraient le corps et donneraient la permission de l'enterrer. Maintes paroles de deuil seraient échangées.

Pendant ce temps-là, les gens défilaient devant le cercueil ouvert.

Vers 14 heures, tout le monde se retira pour aller manger et se reposer avant la grande et dernière veillée. C'était l'événement le plus important, celui au cours duquel les villageois allaient pouvoir dire adieu à leur manière. Certains avaient connu Kouadio depuis qu'il était tout petit.

A 20 heures, chacun prit place.

Le corps était à présent au milieu de la cour, sur une petite plate-forme construite à cet effet.

A quelques mètres, les membres de la famille.

En face, l'assistance.

Toutes les chaises étant occupées sous les bâches, des jeunes s'étaient résignés à s'asseoir par terre.

Immobile pendant si longtemps, Nina sentait son énergie se dissiper. Elle ne parvenait plus à ôter cette fatigue accumulée. Tant de journées, tant d'heures épaisses, tant de visages nouveaux. Cela en devenait poison. Il lui semblait qu'il ne restait plus rien de sa vie passée.

Le désir d'aimer était-il plus fort que tout ?

Il se mit à pleuviner.

"C'est un bon signe", souffla tante Aya.

Nina souhaitait qu'une pluie franche tombât après l'enterrement pour sceller la journée. Elle pensa :

"Je veux que d'énormes gouttes claquent sur le sol, que le vent siffle dans les arbres et que l'eau s'échappe de toutes leurs feuilles ébouriffées."

Elle se souvint de l'époque où son père se faisait chasseur de scarabées. La maison, bâtie à la lisière du village, touchait la brousse. Du coup, la nuit s'étendait à l'infini. Les insectes, attirés par la lumière, zigzaguaient dans l'air et percutaient les lampes.

Voyant Nina affolée, son père lui disait sur un ton mi-sérieux, mi-moqueur : "Tu es vraiment une enfant de la ville ! Tu ne pourras jamais être heureuse si tu as peur d'un rien."

Il attrapait les scarabées par leurs pinces et les jetait dans l'obscurité :

"Tu vois, ce n'est pas bien grave, ils ne font de mal à personne."

Nina ne parvenait pas à se recueillir. Les va-et-vient incessants la dérangeaient et les bruits alentour détournaient son attention. Elle vit plusieurs personnes bâiller. Quelque part, un enfant pleurait. Des gens parlaient. Elle remarqua les vieux assis au premier rang. Ils portaient de longues chaînes en or fétiche autour du cou et d'énormes bagues aux doigts. Elle observa le reflet du métal précieux sur leur peau sombre. Ils se tenaient droits, l'air hautains et nobles. Pourtant, leur autorité avait faibli. Ecartés par chaque pouvoir politique en place, des temps anciens ils n'avaient pu garder que le village.

Les tantes se levèrent et firent signe à leur nièce de les suivre. Elles s'approchèrent du cercueil et se mirent à réarranger les habits de leur frère, à s'adresser à lui dans une litanie de paroles douces que Nina ne comprenait pas. Ses bras pendaient lamentablement le long de sa robe.

"N'aie pas peur, parle-lui."

Elle tendit la main et toucha les cheveux de son père. Ils étaient souples, d'une couleur grise, toujours belle.

A son tour, des mots qu'elle voulait imprégnés de sens sortirent de sa bouche :

"Je suis ici pour te dire au revoir. Gabrielle n'est pas là, mais tu es vivant dans ses pensées. Tous ceux que tu aimes sont présents."

Ah, comme elle aurait voulu le secouer, le bousculer, lui dire de sortir de son silence et de revenir à eux. Mais ses paupières restaient plissées et son corps rigide.

Les trois femmes repartirent s'asseoir sous le regard de l'assistance.

Les chants de la chorale reprirent. Battements des mains. Balancement des corps à l'unisson.

Quand, aux petites heures du matin, ils partirent finalement se coucher, Nina se laissa sombrer dans un sommeil sans égal.

XX

Les herbes sauvages avaient été fraîchement coupées et leur senteur suivait la procession. Le corbillard tanguait sur la piste défoncée. Les pieds soulevaient la poussière, le soleil frappait les nuques.

Un lézard à la peau noir de jais sortit des fourrés, leva la tête un instant, puis fit demi-tour et détala. Nina songea à la matinée, à la cacophonie qui avait envahi son esprit quand la voix métallique du haut-parleur installé dans la cour s'était mise à énumérer les dons en nature et en espèces au fur et à mesure qu'ils arrivaient. Un conseiller à la présidence remit 2 millions à la famille de la part du chef de l'Etat en personne. Une rumeur avait parcouru l'assistance.

Et de cette messe dans la petite église bondée de monde, elle avait gardé l'impression d'une lenteur interminable, d'un poids inexcusable. Peut-être parce qu'elle savait que c'était la fin. Peut-être parce qu'à ce moment-là tout lui sembla dérisoire : les témoignages, les chants, les paroles.

A la sortie, debout sur le parvis, Nina posa son regard sur les habitations qui s'étendaient devant l'église, les chemins en terre, les concessions aux murs délavés et les petites baraques précaires. Alors, elle avait imaginé son père, gamin courant tout nu dans les méandres de son village.

Devant la tombe, le prêtre pria, Bible ouverte. Il lut à haute voix un passage sur Lazare ramené à la vie :

> Jésus, de nouveau profondément ému, se rendit au tombeau. C'était une caverne, dont l'entrée était fermée par une grosse pierre. "Enlevez la pierre", dit Jésus. Marthe, la sœur du mort, lui dit : "Seigneur, il doit sentir mauvais, car il y a déjà quatre jours qu'il est ici." Jésus lui répondit : "Ne te l'ai-je pas dit ? Si tu crois, tu verras la gloire de Dieu." On enleva donc la pierre. Jésus leva les yeux vers le ciel et dit : "Père, je te remercie de m'avoir écouté. Je sais que tu m'écoutes toujours, mais je te le dis à cause de ces gens qui m'entourent, afin qu'ils croient que tu m'as envoyé." Cela dit, il cria très fort : "Lazare, sors de là !" Le mort sortit, les pieds et les mains entourés de bandes et le visage enveloppé d'un linge. Jésus dit alors : "Déliez-le et laissez-le aller*."

Quatre membres de la famille s'approchèrent. Leurs pommettes portaient la marque de l'ethnie : deux petites scarifications latérales. Ils avaient le crâne rasé en signe de deuil. S'emparant des cordes posées à même le sol rouge, muscles tendus et visage crispé par l'effort – le lourd poids du corps –, ils descendirent lentement, très doucement, le cercueil.

Quand le bois toucha le fond, les pleurs des tantes redoublèrent. Une femme inconnue de Nina se prit la tête entre les mains et poussa des hurlements. Son foulard défait et ses tresses en désordre lui donnaient l'air d'une folle. Etait-ce une pleureuse ? Les autres se tenaient droits, sombres, épongeant la sueur de leurs fronts avec de grands mouchoirs blancs.

* Evangile selon Jean, XI, 38-44.

Après avoir fait le signe de la croix avec le goupillon, Nina prit une poignée de terre et la jeta sur la bière. Elle entendit un bruit sourd. Ensuite, elle se poussa sur le côté pour laisser la place à ceux qui attendaient. Chacun fit les mêmes gestes. Des gouttes d'eau bénite la mouillèrent.

Un peu de terre était restée collée dans sa main. Elle s'essuya la paume contre sa robe et se força à rester au même endroit, malgré la pression des corps contre le sien. Sueurs et senteurs de parfums sucrés.

Soudain, une pression sur son épaule.

"Viens, il faut partir, maintenant", murmura Amon.

Elle essaya de résister, mais n'y parvint pas et se laissa guider jusqu'à un arbre ombragé. Entre deux racines, elle vit une colonne de fourmis ouvrières transportant un papillon renversé sur le dos. Elles se déplaçaient en parfait accord.

Des nuages laiteux, par endroits gris foncé, annonçaient la pluie.

Tout s'était passé trop vite, cela n'avait pas de sens.

Elle se retourna. Les gens s'étaient dispersés.

Deux employés avaient commencé à combler la fosse. On les voyait enfoncer leurs pelles à l'intérieur du sol.

Dans quelques heures, ils étendraient une couche de ciment frais.

Elle pensa qu'elle l'aimerait toujours.

Nimrod, *Les Jambes d'Alice*, roman (Tchad).

Nimrod, *Le Départ*, récit (Tchad).

Wilfried N'Sondé, *Le Silence des esprits*, roman (Congo).

Wilfried N'Sondé, *Le Cœur des enfants léopards*, roman (Congo), Babel n° 1001.

Wilfried N'Sondé, *Le Silence des esprits*, roman (Congo)

Ike Oguine, *Le Conte du squatter*, roman traduit de l'anglais (Nigeria) par Carole Didier-Vittecoq.

Pepetela, *L'Esprit des eaux*, roman traduit du portugais (Angola) par Michel Laban.

Sol T. Plaatje, *Mhudi*, roman traduit de l'anglais (Afrique du Sud) par Jean Sévry.

Ken Saro-Wiwa, *Sozaboy*, roman traduit de l'anglais (Nigeria) par Samuel Millogo et Ama dou Bissiri, Babel n° 579.

Wole Soyinka, *Ibadan, les années pagaille*, Mémoires traduits de l'anglais (Nigeria) par Etienne Galle.

Wole Soyinka, *Climat de peur*, essai traduit de l'anglais (Nigeria) par Etienne Galle.

Wole Soyinka, *Il te faut partir à l'aube*, Mémoires traduits de l'anglais (Nigeria) par Etienne Galle.

Véronique Tadjo, *L'Ombre d'Imana. Voyages jusqu'au bout du Rwanda* (Côte-d'Ivoire), Babel n° 677.

Véronique Tadjo, *Reine Pokou* (Côte-d'Ivoire).

Frank Tenaille, *Le Swing du caméléon. Musiques et chansons africaines 1950-2000.*

Aminata D. Traoré, *L'Etau. L'Afrique dans un monde sans frontières*, essai (Mali), Babel n° 504.

Henk Van Woerden, *La Bouche pleine de verre*, roman traduit du néerlandais par Pierre-Marie Finkelstein.

Poèmes d'Afrique du Sud, anthologie composée et présentée par Denis Hirson, traduite de l'afrikaans par Georges Lory et de l'anglais par Katia Wallisky.

Ouvrage réalisé par l'atelier graphique Actes Sud. Reproduit et achevé d'imprimer en novembre 2021 par l'Imprimerie Corlet à Condé-en-Normandie pour le compte des éditions Actes Sud, Le Méjan, place Nina-Berberova, 13200 Arles.
Dépôt légal 1re édition : mai 2010.
N° impr. : 21101034
(Imprimé en France)